KB119837

거의
정반대의
행복

너를 만나 시작된
어쿠스틱 라이프

거의 정반대의 행복

난다 에세이

위즈덤하우스

• • • 일러두기

1. 외래어 표기는 외래어 표기법을 따르되, 표기법과 다르지만 대다수 매체에서 통용되는 표기일 경우 그에 따랐다.
2. 본문 중 나이는 만 나이를 기준으로 했다.
3. 표지 그림 중 새와 다람쥐, 토끼와 고슴도치 모빌은 시호가 입던 원피스의 아플리케를 참고해 그렸다.

너와 나 사이에 선이 그어지기 시작하면서

바운더리라는 단어를 특별히 아끼는 사람으로서 아기를 사랑하는 건 꽤 위험한 일이었다. 아기와 함께 있으면 30여 년간 다듬어온 내 단단한 경계들이 의식할 틈도 없이 와르르 무너지곤 했으니까. 아기가 가만히, 가만히 나를 바라볼 때면 천지 벌판에 벌거숭이가 되어 내가 다 드러나버린 것처럼 안절부절못하곤 했다.

아기가 태어나면서 독자들에게 변했다는 말을 종종 듣곤 했다. 마치 변한다는 것이 나쁜 일인 것처럼 처음엔 인정하지 않으려 했다. 그러다 서서히 받아들이게 되었다. 아기를 기르며 밟고 다니는 길에 보석밭이 펼쳐졌는데 굳이 뾰족한 돌멩이를 줍고 싶지는 않았다. 내가 변했나, 자신을 잃었나 안달할 필요가 없다는 것도 곧 알게 되었다. 골라내지 않은 돌멩이들은 여전히 거기에 남아 있다.

딸아이가 말을 할 수 있게 되면서 에바 초호기와 신지 같던 (또는 태권브이와 훈이 같던) 우리 사이에 조금씩 선이 그어지기 시작했다. 시호는 점점 자라며 수백 개의 단어와 수십 개의 문장들, 수만 개의 생각들로 자기 세계를 쌓아갔다. 그리고 이제는 내가 아무리 자신만만하게 후우— 하고 불어도 간단히 무너지지 않을 만큼 단단한 집을 지었다. 아이에게도 자신만의 바운더리가 생긴 것이다. 아무 때고 아이의 생각과 행동을 침범하던 나는, 이제 아이의 초대를 받아야만 그곳에 들어갈 수 있다. 아이는 엄마를 "무지개가 뜰 만큼" 사랑한다며 쑤욱 끌고 들어갔다가도, "이런 엄마인 줄 알았다면 태어나지 말 걸 그랬어" 같은 고급 문장으로 문밖으로 쫓아내곤 한다. 물론 엄마인 나에게 대체로 아주 호의적인 집이라 다행이지만. 앞으로도 늘 초대받을 수 있도록 호감을 줄 수 있는 예의 바른 손님이 되도록 노력하고 싶다. 어른이고 부모인 나는, 자칫하면 아이가 만든 세계를 망가뜨릴 수도 있다는 것을 내내 유의하면서.

딸아이 시호가 태어나 세 살이 되기까지의, 나와 한 몸 같던 시절의 이야기를 담았다. 아이의 성장을 담으려던 애초의 계획과는 달리 내 이야기만 잔뜩 해버렸지만 괜찮지 않나 싶다. 1년

남짓한 시간 동안 육아를 전담해준 남편과 엄마가 “안 일하는 엄마”로 변신할 날을 아주 쬐끔만 울면서 의젓하게 기다려준 시호, 고맙습니다.

2018년 봄

난다

차례

네가 모르는 시간

세 번의 아침들

모 자

속 에 서

네 가

나 왔 다

사람을 낳은 기분

아기가 태어나 들어 올려지는 순간을 목격한 기분을 언제쯤 정확하게 설명할 수 있을까. 나에게서 떨어져 나온 시호는 아기 고양이처럼 부드럽게 "이양" 하고 울더니 그대로 품에 안겨 잠들었다. 볼을 손가락으로 만졌던 감촉도, 처음 건넨 말도 어렴풋하다. 끝없이 웃으면서 끝없이 울었던 기억밖에.(남편에게 물어보니 "그래, 엄마야"라고 했단다.)

언젠가 첫 아기를 낳은 다른 친구와 나, 남편, 이렇게 셋이서 출산의 감동에 대해 피를 토하며 격론을 벌인 적이 있다. 두 시간 넘게 쉴 새 없이 떠들고도 모자라 서로 먼저 말하려고 팔을 휘둘러댔던 꼴사나운 수다 끝에도 '바로 그거다' 싶은 표현은 나오지 않았다. 토네이도나 오로라 같은 거대한 자연현상 앞에 서 있는 것처럼(토네이도나 오로라를 본 적은 없지만) 보고

있어도 믿을 수가 없는 기분이랄까. 그런 엄청난 기분을 몇 마디 말로 남에게 고스란히 전달할 수 있을 거라는 생각 자체가 잘못 아닐까.

"모자 속에서 토끼가 튀어나온 것 같은 기분"이라던 남편의 말이 그나마 비슷하게 여겨져 나만의 적절한 표현을 찾을 때까지 당분간 빌려 쓰고 있다.

걱정 마, 될 거야

게으르고 시간관념이 흐리다는 이유로 가족들조차 믿지 않는 사실이지만, 의외로 나는 계획대로 움직이는 것을 좋아한다. 다만 계획의 개념이 조금 느슨할 뿐. 늦더라도 출석은 한다, 라는 느낌으로 살아가고 있다.

우선은 만화가로 데뷔를 한 뒤 결혼하는 것이 계획이었지만 결혼 뒤로 순서가 밀렸다. 아이 계획은 '아주 먼 훗날 언젠가 만화가가 된 뒤'로 합의. 나는 원래 남 탓을 잘하는 못난 인간이기 때문에 아이가 생기면 분명 만화 못 그리는 걸 아이 탓으로 돌릴 것만 같았다. 나를 믿고 태어난 아이에게 그런 불행을 줄 수는 없다고 생각했다. 남편 역시 일에서 어느 정도 성취를 이룬 뒤 다음 단계로 넘어가고 싶다는 나의 계획을 따라주었다.

하지만 막상 결혼을 하고서는 당장 수입이 발생하는 일러스트레이션 일을 하느라 만화 그리는 데 투자할 시간이 부족했다. 사실 시간을 쥐어짜고 우선순위를 바꾸고 좀 더 노력하면 할 수 있었지만 그렇게까지 하지 않았다.

만화가가 되는 데 나이 제한은 없다는 핑계로 마음속 유예기간이 한정 없이 늘어난 탓이었다. 『심야식당』의 작가는 마흔 살에 데뷔했다는 것을 위안 삼으며 나는 한계까지 노력하지 않았다. 그렇게 시간이 흘러 어느덧 결혼 3년 차. 양쪽 집안에서 본격적으로 아이 이야기가 나오기 시작했다. 사실 시댁에서 갓 스물여섯인 우리를 결혼으로 몰아붙인 것은 남편을 늦둥이로 낳고 이미 연세가 많이 드신 시부모님이 조금이라도 빨리 손주를 보겠다는 계획으로 이루어진 일이었다.

남편은 웬만한 일은 순리에 따르려는 사람이다. 아이가 좋다는 말은 한 번도 한 적 없지만 "아이는 있어야겠지"라고 말하는 그런 사람. 그래서 손주 이야기를 꺼내는 시부모님과 아내의 계획 사이에서 원만한 결과를 도출하기 위해 늘 '노력하고 있지만 생기지 않는다'고 말씀드렸더니, 어느 해부터인가는 제사상의 시조부모님 영정을 앞에 두고 시어머니가 "손주 보게 해주시지 않으면 내년엔 제사 안 지낼 겁니다"라며 조부모님을 협박하는 게 아닌가. 물론 나는 그 옆에서 속으로 '만화가가 되게 해주지 않으면 증손주는 없습니다'라며 더블 협박을

ink.

했지만.

서른을 앞두고 남편과 다시 계획을 세웠다. 부모님들의 성화가 특별히 스트레스는 아니었다. 나는 계획이 확실했고 누구의 말에 휘둘려 바꿀 생각도 없었지만 그 계획을 부모님께 선언해서 긴 다툼을 만들고 싶지는 않았다. 남편은 '우선' 만화를 그리고, 데뷔하기 위해 여러 채널에 만화를 올려보고, 1년간 적극적으로 노력해보라고 했다. 아이는 그 후에 다시 계획하자고.

그래도 만화가가 되지 못하면 어떻게 하냐고, 절대로 아무것도 이루지 못한 채 부모가 되고 싶지 않다는 나의 말에 남편이 대답했다.

"걱정 마. 넌 될 거야."

〈천원돌파 그렌라간〉의 명대사처럼, 나 자신을 믿는 게 아니라 날 믿는 남편을 믿고 계속 그리기로 했다. 당첨운이 좋은 남편이 한 말이니까 맞을 거라며 '넌 될 거야'를 주문처럼 마음에 담아두고 의욕이 꺾일 때 사용했다. 8개월 후, 정말로 만화가가 되었다.

옅지만 확실한 두 줄

계획과 달리, 아이가 생긴 것은 만화가가 되고도 2년이 더 지나서였다.

막상 데뷔를 하니 결심하기가 더 어려웠다. 애써 얻은 기회를 놓치지 않으려면 더 열심히 해야 했기 때문이다. 만화가로서 조금이라도 안정을 얻으려고 노력하느라, 드디어 아이를 가져보자고 결심하는 건 데뷔 1년 후에야 가능했다. 임신이 된 것은 그로부터 다시 1년 후였다.

사람들에게 이 이야기를 하면, 아이를 갖기 위해 1년 정도 기다렸다는 대목에서 "많이 초조했겠네"라는 말을 듣곤 한다. 예의상 하는 리액션이라는 걸 알면서도 짓궂게 대꾸한다.

"아뇨, 안 초조했어요."

그렇다. 나는 그다지 초조하지 않았다. 임신이란 생각보다 어렵다는 것을 몰랐던, 무지가

준 자신감이랄까. 피임을 하지 않으면 언젠가는 아기가 생기겠지 하는 게으른 마음이었기에, 매달 임신 테스터를 사용하면서 사소한 실망을 하긴 했지만 그 실망은 '아니구나' 정도였지 '왜 아니지?'는 아니었다. 게다가 나는 내 바운더리 안에 확실히 들어오지 않은 것에는 애정을 주지 않는 편이다. 아이를 가지겠다 결심은 했지만 아직 아무런 실체도 없는 존재에게 애착도, 실망도 일지 않았다. 하지만 그런 마음과는 달리 내 입은 주변 사람에게 아이에 대해 좀 많이 떠들었나 보다. 한 친구는 아기 신발을 선물받으면 아기가 생긴다는 귀여운 속설을 믿고 몽골 여행에서 산 아기 신발 공예품을 선물해주기까지 했다.

그렇게 자연 상태(?)로 임신에 필요한 아무런 의학적 액션을 취하지 않으며 임신을 기다린 1년이었다. 아기 신발을 침대 옆 테이블에 올려둔 다음 달, 이 정도 내버려 둬도 아이가 생기지 않는다면 뭔가 필요하겠다 싶어 비장한 마음으로 병원에 가서 가임기 상담을 받고 비장한 마음으로 맞이한 첫 배란기. 드디어 (허무하게도) 임신이 되었다. 평소처럼 결과가 나올 만한 날짜에 테스터를 사용한 뒤 변기 위에 잠시 놓아두고 욕조에 들어가 기다렸다. 뜨끈한 물속에 앉아 확인한 아주 옅지만 확실한 두 줄.

사진을 찍어 남편에게 전송하고, 때마침 보고 있던 임신 서적 첫 부분을 휘리릭 넘겼다.

임신 초기에 주의해야 할 것들: 사우나, 뜨거운 목욕(!)

Baby

그대로 욕조에서 튀어나와 후다닥 몸을 닦고 식혔다.

‘아기가 잘못되는 건 아니겠지. 너무 뜨거웠던 건 아니겠지….’

인생 최초의 자식 걱정이었다.

나의 수정체

임신 테스터의 두 줄을 확인한 다음 날. 병원 문 여는 시간에 맞춰 집을 나섰다. 하룻밤 새 그걸 못 참고 임신 테스터를 다섯 개나 더 썼다. 혹시 필요할지도 모른다는 생각이 들어 점퍼 주머니에 몇 개 챙겨 넣었다. 의사가 잘 모르겠다고 갸우뚱하면 당당하게 테스터를 펼쳐 보일 참이었다. 임신을 공식적으로 확정하는 기념할 만한 날이 될 것 같아, 건널목에 서서 신호를 기다리는 남편 뒷모습을 휴대전화 카메라로 찍었다. 사진 찍게 뒤돌아보라고 했지만 들은 척도 하지 않는 남편. 이벤트가 생겨서(이벤트라고 말해도 될지는 모르겠지만) 신나 있는 나와 달리 평소랑 똑같이 담담한 등이다. 내가 강제로 씌운 줄무늬 털모자를 쓴 남편의 두툼한 등 사진. 나는 이 사진을 아주 좋아한다.

다행히 의사는 증거를 요구하지 않았다. 두 줄을 확인했다는 내 말에 별 의심 없이 피검사를 하자고 했고, 결과는 오후 4시에 전화로 알려주겠다고 했다. 들뜨는 마음을 누르고 병원을 나와 근처 맥도날드에서 남편과 맥모닝 세트를 먹으며 아기와 함께할 미래에 대해 이야기를 나누었다. 내뱉는 모든 말이 설레었다. 걱정조차도 설레었다. 지금까지 남편과 '아기가 생긴다면'을 주제로 수많은 이야기를 나누어왔지만, 정말로 미래의 목전에 와서 의논하는 것은 처음이 아닌가. 늘 적당히 대답하던 남편이 이번만은 진지하게 고민한 대답들을 내놓았다. 복권 당첨금을 찾기 직전 은행 앞 맥도날드에 들러 이야기를 나누면 이런 기분일지도 모른다. 오후 4시까지 기다리기 힘들 것 같아 근처 극장에서 영화를 한 편 보고 다시 병원에 들르는 건 어떠냐고 남편에게 의견을 물었다. 오늘따라 친절한 남편이 내가 하고 싶은 대로 하잔다. 내키지 않아 그냥 집으로 돌아왔다. 앞으로의 인생 진로가 다섯 시간 후면 결정이 나는 것이다. 그 정도는 경건한 마음으로 기다리고 싶었다.

하지만 인생의 진로는 기대만큼 간단히 결정 나지 않았다. 혈액 내 임신 호르몬 수치가 17.4로, 임신은 임신이지만 수치가 너무 낮아서 정상 임신이라고 확정할 수 없다는 것이었다. 병원은 이 시기를 '화학적 임신'이라 부른다고 했다. 이 임신이 정상 임신으로 발전할지 유산이 될지 아무것도 알 수 없다…는 사실을 인터넷 검색으로 알았다. 마음 놓고 기뻐할 수도,

실망할 수도 없는 채로 오후를 보냈다. 저녁에는 인터넷 백과사전에서 수정과 착상, 임신을 검색해보았다. 학교에서 배웠던 '정자가 난자를 만나 임신이 된다'는 문장에 얼마나 험난하고 무서운 과정이 생략되어 있는지 다들 아시는가.

정자가 난자를 만나기 위해 고생한다는 것쯤은 알고 있었지만 그 고생이 팔랑팔랑 배 속을 헤엄쳐 꿍차! 하고 난자 벽을 뚫는 정도의 고생이라고만 알았을 뿐이다. 흔히 떠올리는 난자 벽을 뚫는 정자의 모습은 정자에게 주어진 이 엄청난 모험의 겨우 마지막 미션일 뿐. 완두콩 형제들처럼 앞으로 즐거운 일만 생길 거라며 룰루랄라 내 몸으로 날아든 정자들은, 들어오자마자 질 속의 산성 물질 공격을 견뎌내야 하고, 겨우겨우 산성 물질을 이겨내고 무사히 자궁에 도착하면 자궁경관의 점액전이라는 녀석과 마주친다고 한다. 이쯤 되면 자궁은 어떻게든 임신을 막기 위해 만들어진 존재가 아닌가 싶을 정도다. 임신이 모체의 건강을 심각하게 위협하는 일이니 일견 당연한 듯도 싶다.

아무튼 세균 침입을 막기 위해 눈이 벌게진 점액전 녀석의 공격에서 살아남아 다시 자궁 양쪽 좌우로 뻗어 있는 나팔관까지 점액의 물살을 거슬러 헤엄쳐 가기까지 두 시간가량. 2억만의 정자 대군은 이 과정에서 500마리 정도만 살아남는다. 그 후 주름으로 가득한 나팔관 점막 사이에 숨어서 사흘간 난자를 기다리다 배란이 되면 예의 그 마지막 미션, 난자 벽 뚫기를 치른 뒤 드디어 수정이 이루어지는 것이다. 난자가 나타나지 않으면? 아무 일도 일어나지 않는다. 그냥 조용히 죽음을 맞이할 뿐이다. 이 모든 과정이, 그동안 내가 단순히 하나의 결과로서 임신으로 알고 있던 일의 진상이었다.

부모가 되지 않았다면 조금도 알고 싶지 않았을 진상.

나팔관 주름 사이에서 한숨 돌리며, 긴 전투로 지치고 쇠한 몸으로 언제 나타날지 모를 난자를 기다리는 정자들의 모습을 상상하니 코가 시큰해진다. 과학적 사실이 나의 일이 되니 문학보다 더 큰 감동을 준다. 이렇게나 험난한 과정을 이겨낸 나의 수정체가 너무나 기특했고, 임신이 된다는 것 자체가 기적 같은 일처럼 여겨졌다. 인터넷 백과사전 '임신' 페이지에는 나처럼 생명과학에 감동한 예비 아빠가 쓴 눈물의 댓글이 베스트 공감 수 13을 기록하고 있었다.

하지만 부모가 아닌 이들은 아무도 이 사실에 감흥을 느끼지 못하는 듯했다. 친구들과 남동생에게 이 이야기를 했더니, 그렇게 어려운 임신인데 이 세상에 사람은 왜 이렇게 많은 거냐며 분위기를 깬다. "그러니까 말이야. 이 세상에 생명이 태어나는 것 자체가 기적이라니까"라고 얼버무리는 내가 민망하고 낯설었다. 꼭 어느 종교 집단의 신입 포교원이 된 것 같았다.

열흘 후, 드디어 공식적으로 임신을 확정받았다. 건강한 아기집을 확인하고 산모 수첩과 임신 확인서도 받았다. 물론 의사의 판단과는 관계없이 이미 나는 질 좋고 비싼 과일을 마음껏 장바구니에 담고 거위털 이불을 구입한 데다 '쌀'이라는 태명까지 지어 부르며 마음껏 임신부의 생활을 즐기고 있었지만 말이다.

2012년 3월 10일 토요일 맑음 3.9℃

이제 나는 아기 물건을 귀여워하는 것뿐 아니라 직접 사서 활용할 수도 있다.
늘 안경을 동경하다가 드디어 눈이 나빠진 느낌이랄까.
처음 산 아기 옷은 무당벌레 무늬의 바디수트. (이런 형태의 옷을 바디수트라고 부른다는 것도 오늘 알았다.)
8주 차, 이제 쌀이는 팔과 다리가 돋아났다.

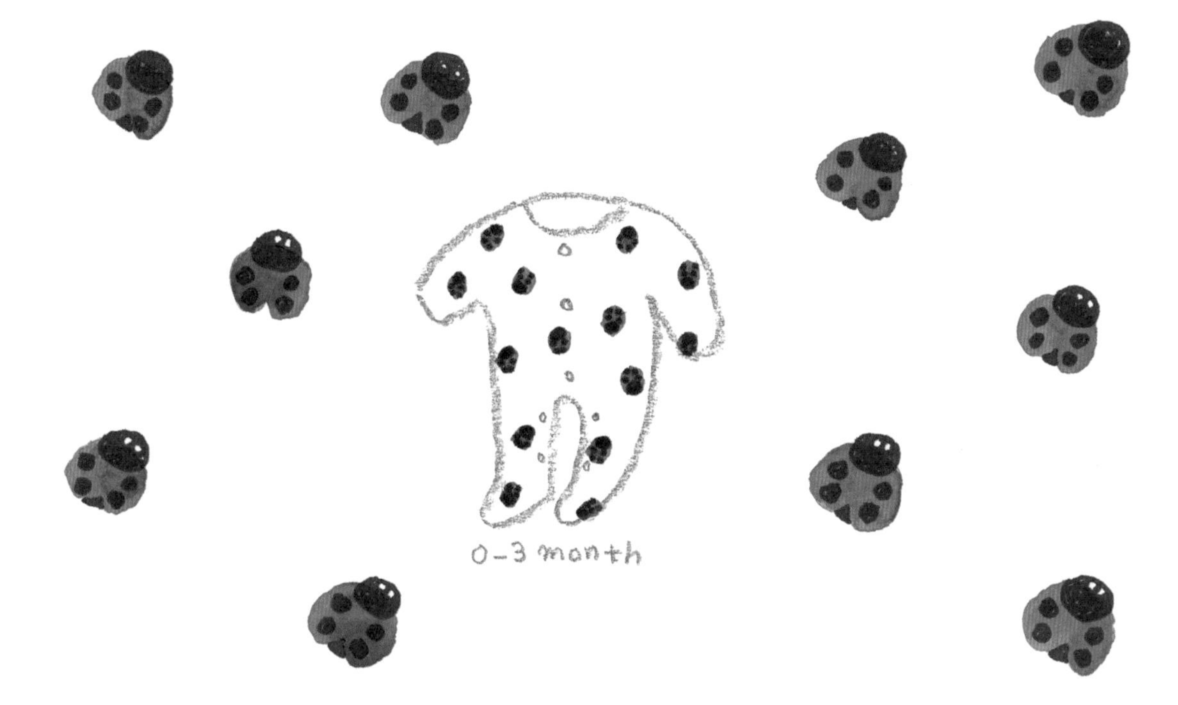
0-3 month

잘 지내보자, 룸메이트

봄이 싫다. 2월이나 3월 초순에 여기저기서 봄기운을 발견하는 일은 그렇게 기뻐하면서 봄의 한가운데에 들어서면 어째서 이렇게 우울해지나 모르겠다. 올해 봄은 그래도 몇 가지 우울해도 될 만한 사건들이 있다. 우선 몸. 몸이 변하면 신기하고 신날 줄 알았는데 문득 가슴과 배를 내려다보니 이 낯선 몸은 뭔가 싫다. 골반이 심하게 아파서 몸을 살짝 틀기만 해도 헉 소리가 난다. 찾아보니 '환도선다'라는 증상이다. 아기가 머물 공간을 만들기 위해 골반이 벌어지는 중이라 그렇단다. 며칠 전에는 뼈가 부러진 것처럼 아예 움직일 수가 없어서 거실에서 침대까지 남편이 '공주님 안기'로 옮겨주어야 했다. 가슴에 뾰루지가 나는 것도 목주름이 짙어진 것도 늘 속이 안 좋은 것도 모두 임신 때문이다.

임신의 모든 트러블은 몸 하나를 두 사람이 나눠 쓴다는 데 있다. 당연한 일이지만 그래도 당황스럽다. 아직 엄지손가락만큼도 자라지 않은 아기가 내 몸을 모조리 사용하려 든다는 사실이. 나는 내 방 한쪽 구석만 빌려줄 생각이었는데 뻔뻔하게도 여기저기 짐을 풀어놓고는 주인 행세를 하고 있는 것이다. 정말 별별 증상이 다 있다. 하루에 하나씩 새로운 증상이 생긴다. 요 이틀 사이에는 체모가 많아졌고 목소리가 남자처럼 굵어졌다. 자리에 앉았다가 일어설 때 원래의 나는 귀엽게 요조 노래처럼 '에구구구—'거렸지만 이제는 영감님 사자후를 내뿜는다.

또 하나 우울한 일은 연재하는 만화의 원고료가 동결되었다는 소식이다. 연재처에서는 페이지 뷰를 기준으로 원고료를 산정하고 있고, 그 기준에 미치지 못한 것이니 어찌할 도리는 없다. 내 능력이 여기까지인 것이다. 올해는 페이지 뷰를 반드시 상승시키겠어! 하고 3초 정도 결심해보았지만 그런 목표로는 만화를 그릴 의욕이 생기지 않았다. 내가 조금이라도 바꿔볼 수 있는 영역은 성실하게 원고를 그리고 제때 마감하는 것뿐. 할 수 있는 일만 최선을 다해서 하고 나머지는 운명에 맡긴다. 이렇게 생각하면 늘 마음이 진정된다. 어른처럼 말하고 있지만 실은 여기까지 나 자신을 다독이는 데 일주일이 걸렸다. 일주일 동안 부글부글했다.

누워서 40대 이후의 커리어를 상상하니 가슴이 오그라들었다. 40대에도 내가 그리고 싶은 만화를 그릴 수 있을까. 그러기 위해서는 30대에도 열심히 만화를 그려야 한다. 연재하고 있는 생활 만화 말고도 그리고 싶은 이야기가 있지만 매번 그리지 못했다. 혼자일 때도 완성하지 못한 만화를 아이를 기르며 그려낼 수 있을까. 육아가 얼마나 힘들지 지금으로서는 구체적으로 상상하기 어렵다. '엄청나게, 상상도 못 할 만큼 고될 거야' 정도로만 어렴풋이 이해하고 있을 뿐이다. 그 고됨이 내 인생에서 유일하게 육체가 피폐했던 피자헛 알바 시절 급일지, 낮에는 회사에 나가고 밤에는 공모전 원고를 준비하던 시절 급일지는 알 수 없다.

인터넷 창에 '프리랜서, 육아'를 입력해보니 몇몇 글이 검색에 걸린다. 못 한다는 사람도 있지만 하는 사람은 한다. 나처럼 주간 연재만화의 마감을 하며 육아를 병행하는 경우는 찾기 어렵지만 몇 시간이라도 어린이집에 맡기거나 베이비시터, 부모님 등의 도움을 받아 다들 어떻게든 틈을 만들어 일하고 있었다. 아무에게도 맡길 수 없는 사람은 아기 낮잠 시간을 활용해서라도 작업을 한단다. 조금 용기가 생긴다. 일본 만화 잡지 《월간 소년 강강》에 죽음의 월간 연재를 하며 한 번도 휴재하지 않고 아이를 출산한 아라카와 히로무(『강철의 연금술사』 작가. 실제로 작가의 출산 소식은 출산 후 2년이 지나서야 알려져 독자를 놀라게 했다)도 있지 않은가. 물론 농장에서 소를 키우며 단련한 강철 체력을 뽐내며 무려 '소 여인'이라는 별명을 가지고 있는 그녀지만… 좋아, 그녀를 마음속 앓는 소리 하한선으로 삼기로 했다. 무려 단행본 4,000만 부를 판매한 굴지의 소 여인이 하한선이다. 앓는 소리가 하고 싶을 때 영세한 한국의 만화가인 나는 그녀를 떠올리면 된다. 아라카와 히로무도 있는데, 라고.

16주 5일. 이제 곧 여름이 된다.

침대에 엎드려 있다가 왼쪽 아랫배에서 꿀렁, 하고 첫 태동을 느꼈다. 이후 아주 조심스럽던 발길질에 갈수록 힘이 생겼다. 원고를 쓰느라 책상에 앉아 허리를 숙이면 이내 배를 통통 차며 항의한다. 내가 자세를 바꾸면 배 속에서 아기도 꿈틀거리며 다시 자리를 잡는데, 그때마다 우리가 같이 뭔가를 했다는 느낌에 짧지만 강한 유대감을 느낀다. 가끔은 말을 걸기도 한다.

"엄마 이제 일어설 건데, 어디 편한 데로 자리 좀 잘 잡아봐."

오늘은 여름맞이 옷장 정리를 했다. 그동안 버리기를 미뤄온 안 입는 옷들을 수북하게 버리고 아기 옷 넣을 서랍을 두 칸 비웠다. 이걸로 이 녀석이 만족할지는 모르겠지만 엄마 서랍은 한 칸, 아빠는 아예 서랍을 배정받지 못했다는 걸 알아주길 바란다. 아무튼 잘 지내보자, 룸메이트.

임신부로 존재하기

임신을 했더니 갑자기 주변 사람들이 친절해졌다. 엄마는 이거 해라 저거 해라 배수구에 뜨거운 물을 부어라 말아라 하는 잔소리를 그만두었다. 남편은 끼니때마다 배고프다고 중얼거리는 대신 본인이 직접 요리하기 시작했다. 화이트데이에는 새우를 다져서 새우버거를 만들어주기까지 했다. 거기다 사흘에 한 번은 전화하던 시아버님이 연락을 끊으셨고 1년에 한 번 전화할까 말까 하던 무심한 시어머님은 일부러 전화를 해서 이것저것 염려해주신다. 임신… 좋다. 임신하면 가족들이 친절하게 대해주는 데다 덤으로 아기까지 생긴다. 하지만 마냥 좋은 건 가족들의 친절뿐이다.

무겁지도 않은 나의 가방을 들어주려 하거나 카페에서 차를 마시고 일어설 때 트레이를 낚아챌 타이밍을 노리는 지인들의 '빠릿함'에는 좀 미안해진다. 임신한 사람의 기분을 상하게 하지 않으려 조심하고, 평소처럼 욕을 뱉었다가 황급히 거둬들이고, 뭐라도 한마디 다정한 말을 건네려 안절부절못하는 얼굴을 보고 있으면 내가 불편한 상사라도 된 듯한 자격지심에 빠져든다.

지금은 웃고 있지만 집에 돌아가는 길에 '아 피곤했다…'라고 생각하는 건 아닐까. 다음에 나와 만날 약속을 하기가 왠지 내키지 않아지는 건 아닐까. 일부러 신경 써주는 것이니 고맙게 여기면 될 일을 나는 또 왜 이리 길게도 생각에 빠지고 마는 것일까. 어른으로 살아온 지 어언 12년, 다시 어린아이가 된 것처럼 걱정과 배려를 받는 일이 영 어색하기만 하다.

임신 6개월이 되던 무렵, 작가 모임에 초대를 받고 잠깐 망설이다 참석했다. 회사원이 아닌 내가 동료와 직접 만나 이야기를 나눌 수 있는 거의 유일한 기회인 데다, 독자로서 재미있게 읽었던 작품을 그린 작가가 어떤 사람인지 멀리서나마 구경하고 싶었다.

운이 좋으면 업계 비화 같은 것도 들을 수 있으려나 하는 불건전한 마음으로 모임 장소인 홍대로 갔다. 망설였던 건 불룩한 배 때문이었지만 고깃집에서 모인다고 하니 술을 마시지 못해도 있는 듯 없는 듯 조용히 끼어 있을 수 있을 것 같았다.

하지만 고기만 먹고 귀가하려던 계획을 바꿔 2차까지 욕심을 낸 것이 문제였다. 고깃집에서 동석하게 된 순정스릴러물 작가와 대화가 잘 맞아서 조금 더 이야기하고 싶은 마음에 이어지는 술자리까지 따라나섰던 것이다.

임신 후 처음 참석해본 술자리는 예상과 많이 달랐다. 술집에서 술을 안 마시고 앉아만 있는 게 생전 처음이었던 나는 어떻게 이 분위기에 끼어들어야 할지 몰라 내내 어색했다. 술잔을 부딪칠 수 없다면 말이라도 막힘없이 잘해야 할 텐데 나는 술자리에서는 술로, 식사 자리에서는 먹는 것으로 대화의 구멍을 메우는 인간이었던 것이다. 자리를 옮겨 온 작가들이 담배✦를 꺼낼 때마다 일일이 임신 중인 분이 계시다며 옆자리 작가들이 설명해주는 순간도 고역이었다.

나는 정말로 정말로 술자리를 좋아한다. 취해서 경계가 사라지는 사람들도, 풀린 눈으로 하는 헛소리를 듣는 것도 신이 난다. 그런 시끄럽고 재밌고 흐트러진 분위기를 임신한 나님께서 대자연의 경건함으로 물들이고 있다는 게 참을 수 없이 불편했다. 모든 게 나의 판단 미스였다. 일찌감치 집으로 돌아와 양수를 맑게 해준다는 루이보스티를 홍청망청 마시며, 삶의 분위기가 조금씩 바뀌어가고 있다는 사실을 받아들이기로 했다.

한편 임신부로서 배려받는 것이 익숙지 않다고 말하는 주제에 가끔은 편리하게 이용할 때도 있다. 원고 요청을 거절할 때 곧 출산 예정이라는 이유를 들면 다들 상처받지 않고 시원하게 받아들이는 데다 축하까지 해주니 마음에 죄책감이 일지 않아 매우 편하다.

✦ 일반음식점 금연구역 확대 시행 전의 일이다.

2012년 4월 11일 수요일 비와 안개 12.2℃

"아빠, 뉴스는 어른들이 보는 만화영화 같은 거야?"
어릴 때 뉴스를 보며 눈을 빛내던 아빠를 이해해보려 애를 쓴 적이 있다.
문득 돌아보니 나를 비롯한 주변인 모두가 뉴스를 보는 어른이 되어 있다.
다들 결혼하고 아기도 낳고 대출도 받고 고깃집에서 아무렇지도 않게 이 후보가
어떠니 이 정당이 어떠니 어제 본 만화영화 이야기하듯 토론을 한다.
막상 그런 평범해 보이는 어른이 되어보니, '평범하다'는 단어로 간단히
압축할 수 없는 엄청난 디테일들이 각자의 삶에 있는 거였다.
다들 만화 같은 부분을 하나씩은 가지고 산다.

고비

정기검진이 있는 토요일. 소풍날 아침처럼 눈이 번쩍 떠졌다. 병원 갈 준비를 하자며 누워 있는 남편을 재촉하다 시계를 보니 아직 7시다. 다시 이불 속으로 들어가 남편 등에 꼭 들러붙어서 잠을 청했다. 아기가 남편 등을 통통 걷어찼다.

집에서 병원까지는 지하철로 한 정거장, 걸어서 10분이 조금 넘는 거리다. 갈 때는 지하철을 타고 간다. 검진이 끝나면 근처 식당에서 점심을 먹은 뒤, 야구 배팅장에서 500원을 넣고 공을 치는 남편을 기다린다. 여기서 늘 2,000원을 쓴다. 그러고는 손을 꼭 잡고 이런저런 이야기를 하며 집까지 걸어서 돌아온다. 곳곳에 음식물 쓰레기 봉지가 터져 있고 빵빵거리며 짜증 내는 차들로 정신없는 4차선 도로 옆이라 걷기에 그리 아름다운 길은 아니지만 지금 이 순간만은 세상 전부를 가진 것만 같다.

미국 드라마 〈섹스 앤 더 시티〉에서 샬롯의 남편 트레이는 미래의 아기를 위해 주문한 팔찌에 이런 문구를 새겨 넣었다.

"We had each other, and then we had you, and then we had everything. Love, mommy and daddy.(우리에겐 서로가 있고, 또 네가 있단다. 그러면 우리는 전부를 가진 거야. 사랑하는 엄마 아빠가.)"

나에겐 남편이 있고 남편에겐 내가 있고 우리에겐 네가 있다. 이것으로 완벽하다. 한 번쯤 가져보아도 좋을 행복의 우월감.

하지만 그다음 정기검진 데이트는 그리 완벽하지 못했다. 임신성 당뇨가 의심되어 일주일 후 재검사 판정을 받은 것이다. 내 임신 시절의 암흑기가 이날 시작되었다. 집에 돌아와 검색해보니 대수롭지 않은 듯 알려주던 의사의 말과는 분위기가 사뭇 달랐다. 임신으로 인해 일시적으로 생기는 당뇨지만 출산 후에 그대로 유지되는 경우도 많고, 회복되었다 하더라도 재발할 확률이 50퍼센트로 높아 당뇨병 발생 고위험군으로 분류된다는 것이다. 제대로 관리하지 않으면 태아가 위험한 것은 말할 것도 없었다. 당뇨 합병증으로 실명하거나 발가락을 잃은 사연을 읽으며 페이지를 스크롤하는 손이 떨렸다. 침실로 뛰어가 자고 있는 남편을 깨워 "너무 많이 먹었어… 너무 많이 먹었어…"라며 흐느꼈다.

정말로 많이 먹었다. 멸망 직전의 로마인처럼 먹었다. 나는 먹는 입덧이란 걸 했는데, 먹지 않으면 속이 울렁거리는 일종의 '축복받은 입덧'이었다. 아침이면 늘 식욕 때문에 잠이 깨곤 했다. '김치말이국수 먹고 싶다!!!'라고 생각하면서 벌떡 일어나 부랴부랴 동네 식당에 가서 혼자서 고기 2인분에 김치말이국수를 (너무 맛있어서) 울면서 먹은 뒤 '복숭아 먹고 싶다!'라고 생각하면서 복숭아를 잘라 먹고는 '흰 앙금빵 먹고 싶다!'라고 생각하지만 배가 가득 차 있어 주스를 마시며 초조하게 배가 꺼지길 기다렸다 허겁지겁 빵을 먹곤 했다. 그리고 다시 점심을 먹고 간식을 먹고 저녁을 먹고 간식을 먹고 야식을 먹고…. 밤에는 요리책에 실린 음식 사진을 보다가 잠들었다. 입천장이 까지도록 먹었다.

원래 나는 식탐이 별로 없는 편이었다. 귀찮을 땐 한두 끼쯤 가뿐히 거를 수 있었다. 하지만 임신을 한 뒤에 미각이 적어도 열 배 이상은 민감해졌다. 먹고 싶은 그것이 입안에 들어올 때면 온몸의 감각이 핑— 하고 살아나는 느낌에 소름이 돋았다. 특히 단것과 탄수화물이 심하게 당겼고 식사를 한 뒤에 반드시 빵을 추가로 먹었다. 먹어도 먹어도 내가 원하는 당도가 채워지지 않는 기분이었다. 축복받은 먹는 입덧이라는 이름의 탄수화물 중독이었던 것이다.

일주일 후, 예상대로 임신성 당뇨 확진을 받았다. 검진을 끝내고 식당에도, 야구 배팅장에도 가지 않았다. 그냥 조용히 눈물을 닦으며 집으로 걸어갔다.

2012년 3월 20일 화요일 맑음 3.1℃

주로 어릴 때 먹었던 음식들이 다시 먹고 싶다. 평소엔 기억도 못 하고 있던 맛. 딱 한 번 먹어본 토란국이나 시래깃국, 슈퍼에서 파는 춘장으로 만든 짜장밥, 지각 일보 직전에 엄마가 입안에 떠 넣어주던 오뚜기 수프밥. 특별히 맛있었던 것도 아닌데 자꾸 떠오른다. 맛을 감각하려는 세포들이 폭발적으로 늘어나 온종일 부지런히 일한다. 유년 시절을 샅샅이 훑어 음식과 함께한 추억을 찾아낸 뒤 다시 맛보라며 머릿속을 두드린다. 오늘은 남편이 양재동 어느 벌판을 건너 맥시칸치킨을 사왔는데 역시 추억으로 미화된 맛이었다. 남편 미안 ....

추억의 하림 맥시칸치킨(Since 1985)을 찾아서...

산부인과 소회

"이 시기에는 아내분이 배 때문에 머리 감기가 힘드니까 남편분이 감겨주셔야 해요."

진료가 끝나면 환자를 문밖으로 후다닥 내보내기 바쁜 담당의가 무슨 일인지 남편에게 '쫑크'를 주었다. 우리의 담당 의사는 진료 결과 외의 쓸데없는 말은 일절 하지 않는 사람이다. 시기별로 주의해야 할 점도 묻기 전에는 말하는 법이 거의 없다. 인터넷이나 책에 널려 있는 게 주의 사항이니 나도 불만은 없었다. 그런 그녀에게, 날고기와 사우나를 주의하라는 것 외의 조언을 들은 건 이번이 처음이다. 떡이 된 내 머리가 그녀의 입을 트이게 한 것이다. 배 때문에 못 감은 게 아니라 그냥 귀찮아서 안 감은 건데.

그래도 나는 내 담당의에게 꽤 호감을 가지고 있다. 중학생 때 좋아했던 국어 선생님을 닮은 그녀의 매끈한 어투, 쓸데없는 공치사와 남의 안색을 살피며 맞춰주려 애쓰는 기색이 없는 태도가 멋지다고 생각한다. 립서비스를 하지 않는 여성을 보면 난 좀 속이 시원해지는 기분이다.

사실 처음에는 너무 필요한 말만 하는 거 아닌가 싶었다. 2주일간 고대했던 진료 시간이 너무 허무하게 끝나는 것 같아 맞은편의 경쟁 산부인과에도 가보았다. 인터넷 임신 · 출산 커뮤니티에서 친절하기로 '맘'들의 칭찬이 자자한 곳이었는데, 진료 전 사전 상담 시간이 따로 있는 데다 대기실과 혈압, 체중을 재는 공간이 나뉘어져 있어서 왔다 갔다 하는 게 귀찮았다.(나름 민감한 부분을 배려한 것이겠지만.)

게다가 임신부인 나의 기분과 몸 상태를 일일이 물어봐주는 다정함이 참으로 성가셨다. 사소한 진료 절차도 대강 넘어가는 법 없이 꼭 동의 여부를 물어왔다. 진료 시간은 충분하다 못해 지나치게 길어서 더 궁금한 것이 생각날 때까지도 기다려주었고, 진료가 끝나자 간호사가 초음파 사진을 일일이 잘라서 육아 수첩에 끼워주었다. 초음파 사진 개수도 훨씬 많았다.

음? 써놓고 보니 더할 나위 없이 훌륭한 병원이다. 아무런 설명도 없이 수십만 원짜리 산전 검사를 다짜고짜 해버린 지금 병원과는 차원이 다르다. 덕분에 나는 기분 나쁜 자궁경부암 검사를 한 달에 두 번이나 했고 비용도 중복으로 치렀다.

하지만 그 훌륭한 병원은 사람이 너무 많았다. 또 사소한 일인지 몰라도 초음파 사진을 간호사가 직접 잘라서 끼워준다는 게 꽤 거슬렸다. 사진을 잘라서 끼워주는 노동까지 간호사가 할 일인가? 마음이 불편했다. 나한테 묻지도 않고 마음대로 잘랐다는 것도 싫었다. 마음대로 내 몸에 산전 검사를 한 건 참았으면서 마음대로 초음파 사진을 잘라서 끼워주는 건 참지 못했다. 집에 가서 스크랩북에 예쁘게 오려 붙이는 게 나의 얼마나 큰 즐거움인데.

특별히 친절하지는 않지만 그렇다고 불친절하지도 않은 의사와(다행히 동의 없는 검사는 다시 없었다), 병원에 들어서자마자 대기 의자에 앉아 있는 사람들 바로 앞에서 신발을 주섬주섬 벗고 늘어진 양말을 바짝 끌어올린 후 체중계에 올라서야 하는 지금의 병원이 나에겐 잘 맞는다. 맘카페에서는 욕을 꽤 먹고 있지만. 초음파 사진은 제일 잘 나온 것으로 한두 장만 주니 오히려 스크랩북에 붙이기가 편하다. 그 친절한 병원은 제대로 나오지 않은 초음파 사진까지 다 주는 바람에, 개수는 많았지만 결국 버려야 하는 것이 대부분이었다.(나에게 초음파 사진이란 대체 뭐기에 이토록 집착하는가.)

아무튼 이 무뚝뚝 병원의 무뚝뚝 의사가 남편에게 '아내의 머리를 감겨주라'고 조언한 일은 나에게 깊은 인상을 남겼다. 몇 달 후, 출산한 지 4일째 젖몸살로 열이 39도까지 올라 거의 기듯이 병원을 찾아갔을 때도 의사는 나에게 "이제 머리 감으셔도 됩니다"라고 말해주었기 때문이다.

다 내가 머리를 안 감고 병원에 간 죄다. 언젠가 다시 병원에 방문하게 된다면 청결한 모습으로 방문해 선생님의 오해를 풀어드리고 싶은 마음이다.

배 내밀고 걷지 말라니요

임신 기간의 반이 지나도록 임부복을 구입하지 않았다. 정확히는 임부복 같은 임부복을 사지 않은 것이다. 티셔츠는 평소처럼 H&M이나 유니클로 같은 SPA 브랜드에서 아무 장식도 로고도 없는 남자 옷을 사 입었고(늘 그렇듯 블랙, 차콜그레이, 네이비다) 더워지면서는 라지 사이즈 원피스를 한 벌 샀다. 리넨 소재라 좀 벙벙하게 입어도 어색하지 않으니 출산 후에도 활용할 수 있을 것 같았다. 바지만은 어쩔 수 없이 임부복 쇼핑몰에서 구입했다. 배 부분에 늘어나는 복대를 덧댄 검은색 스키니 진을 골랐다. 배의 곡선이 그대로 드러나는 티셔츠에 스키니 진, 워커를 신고 돌아다니면 다들 내 배를 한 번씩 뚫어져라 쳐다보고 지나간다. 연재하던 만화에는 "동네에서 스키니 진 입은 임신부가 있어 봤더니 난다 님이었어요"라는 댓글이 달려 얼마나 웃었는지 모른다. 그게 그렇게 눈에 띄었나.

제대로 된 임부복을 마련하라며 시아버지께 금일봉까지 받았지만 "네~" 하고는 역시 사지 않았다. 배가 나온 몇 개월 동안만 입을 수 있는 옷에 돈을 쓰는 게 아깝기도 했지만 사실 입고 싶어질 만큼 마음에 드는 임부복이 없기도 했다. 평소의 쇼핑처럼 설레는 물건을 고르고 싶다는 게 큰 욕심은 아닌 것 같은데, 임부복 쇼핑몰을 구경하다 보면 이내 기분이 가라앉아서 급히 인터넷 창을 끄곤 했다. 단지 촌스러워서만은 아니었다. 그 찜찜한 기분이 어디서 오는 것인지는 정확히 알 수 없었지만 단 몇 개월이라도 내 취향이 아닌 옷은 입고 싶지 않았다.

특별히 태교 같은 것도 하지 않았다. 사실 나는 태교라는 말에 약간 거부감을 가지고 있다. 임신한 뒤부터 나라는 인간이 하는 모든 행위 앞에 '태교'가 붙는 것이 의아했다. 늘 하던 독서를 해도 "그래, 독서가 태교에 좋지"가 되었고 뜨개질이나 음악 감상도 "그래, 태교에 좋겠다"가 되곤 했다. 별생각 없이 건네는 말이라고 하지만 눈앞에 서 있는 나를 건너뛴 채 배 속 태아와 주고받는 안부 인사처럼 어색하게 여겨졌다. 저기요, 저도 여기 있거든요. 유치하게도 그런 시선에 대한 반발심인지 더 잔인하고 더 피비린내 나는 음습한 이야기에 끌렸다. 평생 읽은 (얼마 되지 않는) 미스터리 소설의 대부분을 임신 기간에 읽었으니까.

내 생각에 진정한 태교란 남들이 해야 하는 게 아닐까 싶다. '임신부 열 받게 하지 않기'가 그것이다. 좀 더 부드럽게 표현하자면 '임신부에게 충고하지 않기' 정도가 되지 않을까.

나라는 사람이 임신을 한 것인데 갈수록 임신이 내가 가진 유일한 정체성이 되어가는 것만 같았다. SNS에 올리는 음식 사진이나 영화는 나의 임신을 알고 있는 사람들로부터 자주 그 성분과 폭력성을 확인받았고, 배가 불러서 누가 봐도 임신부로 보이게 되자 대도시에서 익명으로 자유롭게 존재하고 싶은 욕구가 자주 좌절되었다. 사람들에게 나는 그저 지나가는 인간이 아닌 '임신한 몸'이 된 듯했다. 맥도날드에서 햄버거를 시킬 때도, 식사 자리에서 친구가 시킨 소주병에도 나의 마음속에는 가벼운 긴장과 변명이 일었다. '정말 오랜만에 먹는 햄버거예요. 콜라도 진짜 오랜만에 마시는 거예요. 임신부라도 가끔씩은 패스트푸드 먹을 수 있다고요. 술은 내가 아니라 친구가 시킨 거예요. 평소에도 절대로 마시지 않아요' 등등등.

사실 모르는 사람들의 말이나 생각이야 신경 쓰지 않으면 그만 아닌가 싶기도 하다. 아니, 어쩌면 내가 생각하는 것처럼 그들은 나를 신경 쓰지 않을지도 모른다. 문제는 나 스스로도 내가 '태교'스러운 행동과 마음을 갖지 않는 것이 잘못하고 있는 건가 위축되어서 스스로 검열하고 죄책감을 갖는다는 점이다. 실은 그래서 더 발끈하는지도 모른다.

내가 신경 쓰는 것은 오로지 잘 먹고 몸 편히 지내는 것뿐이다. 연재 마감을 제외하고는

모든 스트레스를 사양했다. 임신했다는 이유로 당당하게 싫은 일은 하지 않았다. 잠이 오면 낮잠을 자고, 비싼 과일도 척척 고른다. 기분 나쁜 메일에는 답장을 하지 않기로 했고 싫은 사람을 싫어하는 일에 죄책감을 갖지 않기로 했다. 내 몸의 변화가 주는 불쾌함만으로도 힘든 생활이다. 태교라는 것이 필요하다면 여기까지라고 생각한다. 사실 배 속 아기를 위해 바느질을 한다든가 음악을 듣는 것이 뭐가 나쁜 일이겠는가. 중요한 건 뭘 하든 뭘 하지 않든 간섭받고 싶지 않다는 것이다.

내가 반발심이 일었던 건 '태교'라는 행위를 언급할 때 따라붙는, 임신부의 행동을 평가하고 제한하려 하는 태도였다. 아기를 위해 술도 끊고 커피도 끊고 사우나도 끊은 데다 임신부 요가 교실까지 나가는데 태교라는 말로 나의 정신 상태까지 통제하려 드는 건 해도 너무하지 않은가. 내 몸은 이미 아기를 위해 최선을 다하고 있으니 마음만은 멋대로 두고 싶다. 그렇다고 특별히 사악한 생각을 하는 것도 아니다. 평범한 인간의 생각을 하고 있을 뿐이다. 임신부니까 좋은 생각을 하고 좋은 것을 보고 좋은 말을 하고 좋은 표정을 지어야 한다니, 그게 폭력이 아니고 뭐란 말이람.

혹시나 주변에 임신부가 있다면 눈앞에서 소맥을 말아 먹거나 보신각 종 치듯 배를 봉으로 치며 차력을 하는 게 아닌 이상은 신경 쓰지 말기를 권하고 싶다. 이미 그들은 스스로 조심하느라 스트레스가 가득한 상태일 것이다. 특히 음식 이야기는 아예 하지 않을 것을 권한다.

한국의 임부복을 보며 느꼈던 미묘한 감정의 정체가 무엇인지는 아이를 낳고도 몇 년이 지나서야 깨달았다. 한국 사회에서 여성의 위치에 대해, 미소지니의 맥락을 읽게 된 후에야 나는 나를 가장 사랑하는 엄마에게 들었던 충고를 떠올렸다.

"니는 걸을 때 배 내밀고 다니지 마라. 요즘 것들은 애 가지면 왜 그렇게 배를 뚸— 하고 내밀고 다니는지 몰라."

배가 나왔는데 어떻게 배를 내밀고 다니지 말라는 걸까. 그 말은 배를 자랑인 양 다 드러내지 말고 옷으로 적당히 가리라는 말이었다.

당시 내가 임부복으로 검색했을 때 보았던 옷들은 그런 사람들의 인식을 반영한 듯, 대부분 배가 부담스럽게 튀어나와 보이지 않도록 애쓴 모양새였다. 그 일관된 스타일에서 터부의 뉘앙스를 나도 모르게 읽었기에 불쾌했던 것이다.

임신을 한 후 언제 배가 나올까 늘 궁금했다. 목주름이 짙어지고 여드름이 빽빽해진 건 슬펐지만, 새로 생긴 내 몸의 곡선은 마음에 들었다. 하지만 종종 인터넷에서 "임신 7개월인데

달라붙는 옷을 입어도 될까요?" 같은 질문을 발견하면 (그리고 그 아래 달린 댓글들을 보면) 가슴 한쪽이 조여왔다. 어째서 서른이 넘어서까지 교문을 통과하듯 살아야 하는 걸까.

2017년 그래미 어워드의 주인공은 비욘세였다. 쌍둥이를 임신한 만삭의 몸을 금빛 장신구로 치장한 채 무대를 거닐며 노래하는 모습에 눈을 떼지 못했다. 의자와 함께 바닥으로 기울어지는 퍼포먼스를 선보일 때 그녀의 배에서 태동을 발견하고는 마음에 작은 전율이 일었다. 지금까지 나는 임신한 몸을 이렇게 낱낱이, 수치심 없이 본 일이 없었다. 그리고 그 무대를 그녀의 딸 블루 아이비가 지켜보고 있었다.

내가 임신했을 때 내 배를 남들 보기 불편한 것으로 생각하지 않을 수 있었다면 어땠을까. 임신부가 스나이퍼도 아니고 왜 몸을 가리냐며 꿋꿋이 내 스타일을 고집하던 나는, 만삭이 되어 기념사진을 찍을 땐 달라붙는 티셔츠가 신경 쓰여 결국 조신하고 얌전한 옷을 급하게 사 입고 말았다. 그리고 그때 찍은 사진을 볼 때면 내 옷 밑단에 달린 레이스 때문에 우울해지곤 한다.(생뚱맞은 조끼도.) 물론 그 옷은 다시는 입지 않고 버려졌다.

비욘세의 무대에 큰 감동을 받은 나는 같은 감상을 세계인과 나누고 싶은 마음에 유튜브 댓글 창을 연 순간 현실로 돌아왔다.(솔직히 세계인은 다를 줄 알았다.) 부풀어 오른 신체를 드러낸 채 노래하고 춤춘 그녀에게 사람들은 크리피하다, 카우 같다, 심지어는 사탄이라는 저주를 내리고 있었다.

사탄이라니. 하아. 너무들 한다.

걷고 또 걸으면

동네에 괜찮은 마카롱 가게가 있어 남편이 가끔 들러 마카롱을 사 온다. 한 번에 바닐라 마카롱 스무 개씩. 냉동실에 넣어두고 하루에 두 개씩 홍차와 함께 냠냠. 소서 위에 찻잔을 올리고 남은 가장자리 공간에 동그란 마카롱 두 개를 담으면 얼마나 예쁜지. 예쁜 걸 보는 시간은 혼돈의 카오스인 육아 일상을 버티기 위해 반드시 고수해야 하는 아주 소중한 일정이다.

순식간에 두 개를 다 먹고는 하나 더 먹을까 망설이다 내일로 미뤘다. 아이를 낳은 지 5년이 지났지만 여전히 당을 의식하고 있다. 모든 일에 등가교환의 법칙이 적용된다면, 임신성 당뇨로 내가 얻은 것은 뭘까. 음, 우선 당뇨 고위험군에 분류될지도 모른다는 공포로 당에 대한 경계심이 생긴 것이 하나. 5년이 지나 좀 희미해진 경계심이지만. 그게 없었다면 아마 지금

마카롱을 다섯 개째 먹고 있을 것이다. 또… 고구마보다 감자가 혈당치를 더 올린다는 의외의 사실과 양파와 식초가 혈당을 내리는 효과가 있다는 깨알 상식도 얻었지. 드…등가 맞는 걸까.

아참, 그리고 또 하나. 걷고 또 걸었던 기억들.

임신 34주 차에 전주로 1박 2일 여행을 갔다.

3인 생활이 시작되기 전 부부만의 추억도 만들 겸, 임신 기간의 사진 배경이 늘 집인 게 마음에 걸려 기념사진도 찍을 겸이었다. 잠깐 하와이 같은 곳을 떠올리기도 했지만 몸이 가벼웠던 여름에는 더워서 의욕이 없었고, 막상 선선한 가을이 되니 배가 무거워 멀리 갈 용기가 나지 않았다.(그렇다. 모든 상황이 완벽해야만 떠날 용기를 낼 수 있는 우리 부부는 결혼 5년 차까지 신혼여행을 포함해 단 두 번 여행했다.)

점심때쯤 전주역에 도착해 택시를 타고 남부시장으로 이동했다. 9월이지만 여전히 더웠다. 조점례 남문피순대에서 순댓국을 먹기로 하고 근처의 인적 드문 건물 계단에 앉아 혈당부터 체크했다. 아침 공복에는 늘 저혈당이라 굳이 체크하지 않아도 괜찮은데 FM 남편이 어찌나 잔소리를 해대는지. 정상 혈당을 확인한 후 피순대 따로국밥을 먹었다. 몇 술 뜨는데 어릴 적 기억이 났다. 네다섯 살쯤이었나, 엄마와 손잡고 시장을 걸어가다 커다란 솥 위에 비닐로 덮여진 순대 냄새를 맡고는 엄마 손을 잡아끌며 "저거 먹고 싶어" 했었다. 황당해하던 엄마의 목소리, 그리고 나를 귀여워하며 웃음을 참던 얼굴. 내 기억에는 늘 인색하기만 했던 엄마가 그날은 나와 나란히 앉아서 순대를 먹었다. 날카로운 첫 순대의 추억. 서울에 와서는 순대가 맛이 없어서 별로 먹지 않게 되었지만.

가게를 나와 혈당을 떨어뜨리기 위해 한 시간을 걸었다. 풍남문을 보고 주변의 작은 상점들, 송월타올 대리점과 미싱 가게, 각종 스포츠용품 상사를 보고 전동성당을 보고 기도하는 관광객을 보았다. 옆에서 걷는 남편의 얼굴도 보았다. 평소처럼 조금도 감흥이 없어 보였다. 다시 혈당이 떨어졌는지 체크한 뒤 풍년제과에 들러 앙금빵과 초코파이를 고른 후 동학혁명 기념관까지 걸었다. 기념관 맞은편에 있는 몇백 년을 살았다는 커다란 은행나무를 보며 남편은 초코파이를, 나는 앙금빵 반 개를 먹었다. 그리고 앙금빵이 높인 혈당을 떨어뜨리려 다시 30분을 걸었다. 먹고 걷고 먹고 걷고….

당뇨 관리의 속성과 여행의 속성이 이렇게나 착착 맞아떨어질 줄이야.

임신성 당뇨 확진을 받은 이후부터 자주 기분이 오르락내리락했다. 식욕은 정점을 찍고 있는데 끼니마다 현미밥 세 스푼, 데친 두부 반 모, 쌈채소 다섯 장, 김치 2센티미터×3센티미터

한 조각, 이런 식이니 늘 욕구불만 상태였다. 첫 주에는 치킨 먹는 남편 옆에서 참지 못하고 살코기 한 올과 콜라 딱 한 모금을 마셨다가 혈당이 140까지 솟구쳤다.(정상 혈당은 80 이하다.) 겨우 한 모금인데 한 끼를 굶어야 했고 억울한 마음에 눈물을 펑펑 쏟았다. 나는 괜찮다고 했지만 남편은 그날 이후 다시는 치킨을 시키지 않았다. 오븐에 구운 굽네치킨 순살이 혈당을 거의 올리지 않는다는 사실을 발견하기 전까진.

사실 그간의 남편은 좀 놀라웠다. 마치 우리가 이 병(?)에 함께 걸린 것처럼 새로운 도전 과제에 주인 의식을 가지고 뛰어들었다. 처음 한 달간 당면한 과제는 나에게 맞는 음식을 찾는 일이었는데, 편집자와 방문했던 식당의 곤드레나물밥이 혈당을 많이 올리지 않으면서도 포만감이 들어 괜찮았다 말했더니 당장 강원도 농산물 판매 사이트를 찾아내 말린 곤드레를 주문해서는 곤드레나물밥과 소고기뭇국을 만들어 저녁상을 차려주었다.(당시만 해도 남편이 요리하는 건 가끔 햄과 달걀을 굽거나 내 생일에 미역국을 끓이는 정도였다. 내가 임신을 하면서 비로소 '끼니'를 의식하기 시작했다.) 나물 손질은 처음인지라 꼼꼼히 흙을 씻어내지 않아 밥에서 모래가 씹혔다. 실패를 한 뒤 의욕을 잃었는지 두 번째 곤드레나물밥은 없었지만, 미진한 주부력이나마 남편보다 우월함을 자랑하던 나도 시도해보지 못한 '지역 특산품 주문하기'를 시도한 남편의 행동력에 나는 크게 감명받았다. 매끼 식사를 마친 뒤에는 조금이라도 누우려는 나를 독려해

운동으로 이끌었다. 양손에 아령을 하나씩 들고 약 30분 동안 스태퍼를 밟으며 땀을 쭉 빼면 이내 정상 혈당으로 돌아왔다. 건강하게 먹고, 먹은 후에는 반드시 걷는다. 조금씩 혈당을 관리하는 리듬이 생겨났다.

당뇨가 아니었다면 내 몸과 내가 먹는 음식에 대해 이렇게 낱낱이 공부할 일이 있었을까. 이 위기가 내 건강 카테고리의 터닝 포인트가 될지도 모른다는 생각이 들었다. 거의 평생을 불규칙하게 자고 불규칙하게 먹어왔던 내 인생 처음으로 내 몸을 적극적으로 돌보기 시작한 것이다.

그러다 다시 상태가 안 좋아졌다. 혈당 관리에 슬럼프가 온 것 같았다. 새 모이 같은 밥상도, 운동하는 것도, 하루에 열댓 번씩 손가락을 찌르는 것도 아프고 지겨워졌다. 이렇게 힘든데 왜 내가 남을 걱정해야 해? 아무도 나에게 뭐라 하지 않고 실제로 걱정할 친구도 별로 없으면서 혼자 옹졸해졌다. 이럴 때는 인터넷 뱅킹에 접속해 차곡차곡 쌓인 적금들을 살피며 긍정적인 마음을 가져야 되는데, 돈 있으면 뭐하나 짜파게티도 못 끓여 먹는데 하는 부정적인 마음이 또 들어버리는 것이다. 소파에 누워서 질질 짜고 있었더니 남편이 먹고 싶은 거 하나를 먹으라고 허락해줘서 참치김밥을 먹었다. 사실 라면이 더 먹고 싶었지만 라면을 먹으면 이성을 잃고 폭주할 것 같아서…. 참치김밥도 반만 먹기로 했는데 역시 눈앞에 있으면 멈출 수가 없다. 한 줄다 먹어버렸다. 아아, 맛있었다. 참 오랜만에 느끼는 더부룩한 기분. 먹은 뒤 혈당 체크는 하지 않기로 합의를 봤다.

오래전 유방암으로 수술을 받은 이모의 소식을 엄마에게 전해들은 나는 "요즘 유방암은 암도 아니래. 일찍 발견해서 다행이네"라는 말을 했었다. 그때 나는 건강한 20대였고 병이라는 것에 대해, 아픈 상태를 끝없이 견디는 일에 대해 아무것도 몰랐다. 혹시나 올지 모를 당뇨 합병증이나 태아의 이상을 두려워하며 임신 기간의 절반을 식단 관리와 운동으로 보내는 동안 가끔 이모 생각을 했다. 물론 암에 비할 바는 아니겠지만. 마치 나는 죽지 않을 것처럼 쉽게 내뱉은 무지한 말이 부끄러웠다.

전주에서 묵은 숙소는 시은당이라는 이름의 작은 한옥이었다.

네모난 마당에 삼각대를 세우고 목표했던 만삭 기념사진을 몇 장 찍은 뒤 잠시 쉬었다. 옆에 누워 닌텐도를 하는 남편에게, 나중에 쌀이가 태어나 걷고 말할 때쯤 다시 오자고 말했던 것 같다.(아쉽게도 이제 운영하지 않는다고 한다.) 그리고 아까 있었던 일을 생각했다.

풍년제과에 들렀을 때다. 계산하려는데 주인아주머니가 갓 나온 따끈한 땅콩 전병을 먹어보라며 주셨다. 내 몫을 남편에게 넘겨주고 나는 안 먹고 있었더니 아주머니가 못마땅하다는 듯이 "왜 와이프 안 주고 혼자 먹어?"라며 남편을 나무랐다. 설명하기가 그래서 웃음으로 얼버무리려고 하는데 남편이 재빨리 끼어들었다.

"와이프가 당뇨라서요. 혈당 때문에 못 먹고 있어요."

그러자 아주머니가 웃으며 말했다.

"괜찮아. 먹고 걸으면 돼요. 걸으면 괜찮아."

알고 있고 경험해본 사람의 말이라는 걸 단번에 알 수 있었다. 오해 없이 곧바로 위로가 됐다.

걸으면 되지, 그럼. 졸라 걸어야 하지만… 걸으면 된다.

그러고 보니 지금까지 내가 밥 먹고 걸을 때마다 늘 함께 걸어준 남편은 나에게 한 번도 불평한 적이 없다. 동네 한 바퀴든, 공원이든, 지하철 한 정거장 거리든. 내가 미안해하면 자기도 운동을 할 수 있어서 좋다며 서둘러 신발을 챙겨 신곤 했다. 입체 초음파를 찍었던 여름, 배 속에서 쌀이가 웃는 모습을 보았다. 사람이 너무 기쁘면 눈물이 나는 거구나. 서른 살에도 처음 겪어보는 감정이 아직 있었다. 자식 버프로 가득 차 양손에 든 아령을 휘두르며 구로역에서 신도림역까지 플래시맨처럼 걸었을 때도 남편은 뒤에서 영차영차 열심히 따라왔다.

남편이 아까 맛본 땅콩전병이 맛있었다며, 혈당도 떨어뜨릴 겸 다시 풍년제과로 걸어가자고 제안했다. 땅콩전병과 앙금빵을 사고, 에루화에서 떡갈비를 먹은 뒤 다시 전주 밤거리를 영차영차 손을 잡고 걸었다. 남편 말대로 땅콩전병이 맛있었다. 딱 하나밖에 못 먹었지만. 숙소로 돌아와 남편이 잠든 틈을 타 몰래 땅콩전병 하나를 더 꺼내 먹으며 불평하던 밤, 어렴풋한 예감이 들었다. 나중에 내가 '임신'이라는 단어를 보면 가장 먼저 우리가 같이 걷던 밤들부터 떠올리게 될 거라는걸.

2012년 10월 14일 일요일 맑음 16.3°C

어제 밥 먹고 잰 혈당 수치가 정상인 것을 확인하고 어찌나 설레던지, 이게 말로만 듣던 `막달효과' 인걸까. 오늘은 호떡 사려고 줄 서서 기다리는 꿈을 꿨다. 내 코앞 기름 판에서 호떡 삼십여 개가 지글지글. 정말 정직한 내 꿈.

까만

눈동자

속

은하계를

만나는

일에

대하여

마감과 함께 태어난 아이

시호는 나처럼 가을에 태어났다.

덥지도 춥지도 않은 쾌적한 날, 좋아하는 다큐멘터리를 모니터에 띄워놓고 마감을 하던 새벽에 진통이 시작되었다. 당시 〈어른이라 다행이야〉라는 조금 허술한 만화를 연재하고 있었는데 마침 마지막 화를 그리던 중이었다.(예정일 일주일 전을 완결로 잡은 건 신의 한 수였다.)

생리가 터진 듯한 느낌에 화장실에 가서 확인하니 갈색 피가 나와 있었다. 인터넷으로 검색해보니 이슬인 것 같았다. 어떻게 해야 하는지 대강 글을 훑은 뒤 옆방에서 자고 있던 남편에게 가서 진통인 것 같다며 알리고 다시 작업실로 돌아와 진통 간격에 맞춰 마감을 했다. 출산 교실에서 배운 대로(배울 때는 내가 과연 이걸 기억할 수 있을까 싶었는데 아프니까 저절로 기억이 났다) 진통이 오는 동안은 짧은 호흡으로 고통을 완화시키며 쉬다가 진통이 사라진 13분간 후다닥 펜을 들고 그리고, 다시 진통이 오면 호흡, 그리고 다시 그림. 마감을 끝냈을 때는 간격이 7분 정도로 줄어 있었다. 병원에 전화하니 우선 와보라고 하는데, 밤새 진통하면서 마감을 한 데다 급하게 출산 가방을 챙기느라 이 방 저 방 물건을 찾아 돌아다녔더니 잠이 쏟아져서 의욕이 생기지 않았다. 고통보다 졸음이 더 강력하다. 그대로 소파에 누워 자다가 진통이 오면 침대로 가서 웅크렸다가 다시 소파로 와서 자다가… 몽롱한 상태로 진통을 견디고 있는데 친구에게 문자가 왔다. 놀자고.

"나 진통 중."

혼자 병원에 가도 된다고 거절했지만 친구는 완강히 같이 가주겠다고 했다. 병원에 도착해서야 친구의 완강함에 감사했다. 짐이며 입원 절차며, 링거를 꽂는 순간 혼자 거동하기도 힘들어 누구든 꼭 보호자가 필요했던 것이다. 그날은 남편이 새로 이직한 회사의 첫 출근 날이었다. 당장 아이가 나오는 것도 아니니까 출근시켜도 되겠지 싶어 잘 다녀오라고 했는데 지나가는 간호사마다 남편은 어디 있냐고 물어대고 진통은 심해지는데 어디 투덜댈 데도 없고 한 손으로는 배 움켜잡기도 바쁜데 또 한 손으로는 덜덜거리는 링거대를 끌고 가서 관장은 해야 하고, 하아. 전화로 남편 목소리를 듣자마자 눈물이 줄줄 쏟아졌다.

남편이 병원으로 온 뒤로는 모든 게 순조로웠다. 무통 주사를 맞고 고통에서 벗어난 상태에서, 희한하게도 하반신에 감각은 없는데 아이가 내려오는 느낌이 들자 저절로 힘이 들어갔다. 의사의 지시에 따라 세 번 힘을 주니 아이가 짠 하고 태어났다. 무통 주사 덕분에 '낳기' 자체는 정말로 한 개도 아프지 않았다. 오후 1시 입원, 오후 4시 출산.

며칠 후 퇴원 설명을 듣기 위해 다른 산모들과 한자리에 모였을 때 나는 "아아~ 그 산모!"가 되어 있었다.

나중에 이런 경험을 살려 임신 · 출산 만화인 『내가 태어날 때까지』를 그렸는데(픽션 만화다) 마지막 출산 장면을 편집하던 편집자가 이의를 제기했다. 본인이 순산했다고 만화의 대미인 출산 장면을 겨우 두 컷으로 그리는 건 너무하지 않느냐고…. 출산의 경험은 저마다 다르다. 그래서 나도 내가 경험한 종류의 출산밖에 알지 못했다. 무통 주사를 제 타이밍에 맞을 수 있었던 것이 꽤 행운이었다는 사실을 나중에 여러 엄마와 경험을 공유하면서 알았다. 단행본에는 편집자의 의견을 적극 수용해 나름 임팩트 있게 수정했으니 힘겨운 출산을 겪은 산모님들도 공감할 수 있기를.

60년짜리 싸움

산후조리원 생활 6일째, 남편이 다시 출근한 지 이틀째 되던 날.

밤 10시쯤 수유를 끝내고 터덜터덜 산후조리원 밖으로 나가 단팥빵 하나를 사 왔다. 방으로 돌아오니 작은 봉투가 테이블 위에 놓여 있었다.

김민설 산모님 아가 쌀

제대 탈락을 축하드립니다.

건강하게 자라길 기도합니다.

2012. 10. 23. pm 10시, ○○ 산후조리원 신생아실

봉투에는 까맣게 쪼그라든 탯줄 조각이 들어 있었다.

아기에게 배꼽이 생긴 밤, 남편은 회사에 있다.

앞으로 얼마나 많은 처음들을 혼자 축하하게 될까.

약속보다 늦게 퇴근한 남편을 보지도 않고 베개에 얼굴을 파묻었다. 내 뒤통수를 보고 기분을 감지한 남편이 쪼르르 달려와 미안하다며 토닥였지만 모진 말로 남편을 울리고 말았다.

출산 휴가라는 7일간의 세리머니가 끝나고 남편은 제자리로 돌아갔지만 나는 여전히 망망대해 위에 있다. 산후통과 모유 수유. 24시간 도망갈 틈 없이 엄마인 낯선 생활. 몰아치는 파도 위에서 '저녁 7시면 남편이 돌아온다'는 나무판자를 붙잡고 종일 허우적대고 있는데 야근 통보를 받고, 또 거기서 예정보다 10분이라도 늦게 돌아오면 그 10분 동안 피가 마르는 것 같았다. 출산 휴가가 겨우 일주일이라는 현실이 원망스럽기도 했지만(그마저도 법정 휴가 5일에 회사가 배려해준 2일을 합한 것이다), 아무튼 첫 출근 날부터 장기(?) 휴가를 썼으니 눈치가 보이겠다 싶어 이해해보려고도, 관대해지려고도 노력했다. 하지만 이틀이 한계였다.

내가 만화를 연재하는 '다음 만화속세상'은 시즌제를 채택하고 있다. 한 시즌이 끝나면 휴재 기간을 가질 수 있어, 무수입 상태이긴 하지만 그동안 다음 작품을 준비하거나 개인적인 일을 처리할 수도 있어 좋은 제도다.(지금은 유료 만화 서비스가 생겨서 휴재 기간에도 소소한 수입이 생겼다.) 휴재 기간을 길게 잡아 그동안 산후 회복과 육아 적응 기간을 가지고, 상황에 따라 베이비시터를 고용해 일과 육아의 균형을 맞춰간다는 것이 임신 기간 동안 어렴풋이 세워둔 계획이었다. 착착착, 까지는 아니더라도 덜컹덜컹이라도 돌아가겠거니 했던 계획이 현실 육아를 마주하니 시작부터 배터리가 닳아버렸다.

산후조리원 생활이 끝난 후 아기와 집에 돌아와 일주일은 친정 엄마와, 2주는 미리 예약해둔 산후 관리사와 함께 보냈다. 모유 수유는 중단했고 조리 기간이 끝난 후 곧바로 베이비시터를 고용해서 일주일에 세 번씩 작업 시간도 생겼다. 가끔 외출해 임신으로 뒤집어진 피부를 관리하거나 혼자 식당에서 조용히 식사할 수도 있었다. 아침에 시터 선생님이 출근하면 밤중 수유로 모자란 잠을 보충하기도 했다. 본격적인 육아 생활은 상상했던 이미지보다는 괜찮았다.

그런데도 종종 불행한 기분이 들었다. 육아에 대해 몰랐던 시절, 아파트에서 뛰어내린 아기 엄마 뉴스를 보면서 아기가 주는 우울감이 대단한가 보다 생각했다. 그러나 내가 직접 육아를 해보니 아기는 나에게 기쁨만을 주었다. 잘 먹고 잘 자서 매일매일 토실토실해졌고, 잠투정을 하며 우는 건 이 정도는 아기로서 해줘야지 싶을 정도로 예뻤다. 기저귀를 갈거나 목욕 후

로션을 발라주려고 누이면 아기는 아무런 의심도 두려움도 없는 눈으로 나를 바라보았다. 그런 순간이면 내 몸의 빈 곳들이 따뜻한 뭔가로 꽉 차오르는 기분이 들었다. 아기는 한 시간에 한 번씩 자라는 것 같았고, 그 모든 시간을 목격하는 피로와 행복이 나를 엄마로 만들어갔다.

나를 불행하게 만드는 건 남편이었다.

남편은 아기를 능숙하게 돌봤다. 속싸개 하는 법, 트림시키는 법, 젖병 물리는 법을 내게 알려준 것도 남편이었다. 아기가 울면 벌떡 일어나 재빨리 분유를 탔고 날이 추워지면 밤새 방 온도를 맞추느라 잠을 설치기도 했다. 본인에게 주어진 육아 시간에는 정말 성실했다. 하지만 내가 엄마가 되는 속도를 따라잡지는 못했다. 회사 생활을 하고 있으니 절대적인 시간이 부족하다는 것은 안다. 모든 육아를 절반으로 나눌 수는 없다는 것도. 그렇다면 아기에게 틈나는 대로 아빠의 존재를 알리려 애써주기를, 늦게 퇴근했다면 자고 있는 아기 얼굴을 잠깐이라도 들여다봐주기를 바랐다. 하지만 기대는 번번이 무너졌다. 퇴근한 남편에게 종일 돌보던 아기를 넘기고도 곁을 떠나지 못하는 나와 달리, 남편은 셋이 함께 있는 시간에는 이내 일어나 책상으로 갔다.

아기가 처음 고개를 가눈 순간 작업실에 누워 있던 남편이 불러도 오지 않았을 때(결국

오기는 했지만), 나에게 양해도 없이 저녁 약속을 잡고도 미안해하지 않았을 때, 회사에서 돌아와 침실에 있는 우리 둘에게 인사도 없이 작업실로 향했을 때 상처가 쌓였다. 나는 육아가 이인삼각 경기라고 생각하는데 남편은 멋대로 계주를 하고 있다. 나는 트랙을 떠나지 못하고 있는데 혼자 바통을 넘기고 사라지는 남편에게 분노가 치밀었다. 신혼 시절 이후 오래간만의 피 터지는 싸움 끝에 결국 남편이 셋이 함께 있는 시간을 받아들인 건 시호가 50일이 되던 무렵이었다.

얼마 전 한 육아 예능 프로그램에서 갓 기기 시작한 아기를 돌보는 연예인 부부를 보았다. 두 사람 중 누가 아기를 돌보든, 나머지 한 사람은 아무것도 하지 않더라도 곁을 지키며 일단 같이 움직였다.

"그렇지. 저땐 저렇게 같이 움직여야지."

올챙이 시절을 잊은 남편이 기특하다는 듯 그들을 칭찬해서 어이가 없었다. 종종 당시의 싸움들에 대해 이야기를 나누면 남편은 이렇게 대답한다.

"그때 나는 육아가 팀워크가 아니라 단순히 교대라고 생각했어. 최선은 다했지만 최선의 방향성이 틀렸던 거지."

이제는 네 살 아이 부모로서 거의 매일 교대로 육아를 하는 우리는 밤이 되면 각자 수집한 그날 분량의 아이의 귀여움을 교환하려 마주 앉는다. 이제 남편은 아이가 우리 둘 사이의 시간과 공간에 영원히 겹쳐져 있을 존재라는 것을 아는 듯하다. 나 역시 늘 셋이 함께 있지 않아도 아이가 아빠 엄마와 갖는 각각의 시간을 다르게 즐기리라는 것을 안다.

두 사람이던 가족의 형태가 셋으로 변하는 건 내게는 지각변동에 가까웠다. 흔들리는 땅 위에서 잡을 수 있는 손은 많으면 많을수록 좋다. 때로는 같이 넘어지더라도 말이다. 진동이 잦아들면, 붙잡은 손을 놓고도 즐겁게 걸을 수 있을 테니까.

2012년 12월 9일 일요일 맑음 -10.5°C

낳았을 때 울지도 않고 바로 배 위에서 잠들어버린 데다 신생아 때도 울음소리가 너무 작아서 아기가 너무 조용한 것 아닌가 걱정했는데 웬걸, 할 건 다하는 시호. 주말 동안은 폭풍 잠투정으로 남편과 나, 놀러온 시누이까지 진이 다 빠졌다. 아침부터 온 식구가 아기 울음소리에 침실로 모였는데 그게 참 웃겼다.

육아 30일 차, `장담하지 않는다'는 대법칙을 배우다.

fin

네가 태어나 비로소 세상이 밝아졌다

생후 30일이 훌쩍 넘어서야 출생신고를 했다. 이름 때문에 오래도 걸렸다. 벌금도 물었다. 1만 6,000원. 신고를 마치고 센스 있는 직원분이 "등본 한 장 뽑아드릴까요?" 물어준 덕분에 갖게 된 출생신고 일자가 찍힌 주민등록등본은 철학관에서 받아온 작명지와 함께 기념으로 보관해두었다.

임신하기 전부터, 그리고 임신 기간 내내 고민했지만 이거다 싶은 이름을 찾지 못했다. 고등학교 때 대강 지은 '난다'라는 필명 때문에 지금까지 후회하고 있어서(그렇다. 후회하고 있다. 필명이 무슨 뜻인지 물어보면 고통스럽다. 이름을 짓고 누군가 불러주기 시작하면 바꾸기가 정말 어려우니 여러분 모두 신중해지세요) 더더욱 이름 짓는 데 신중했다. 철학관에 가기 앞서 그동안 생각날 때마다 메모해둔 이름 후보를 쭉 읽어보며 아니다 싶은 것들은 삭제했다. 순우리말 이름보다는 여러 뜻이 담긴 한자 이름이었으면 했고, 너무 멋 부렸다는 느낌이 들거나 과하게 튀는 이름도 싫었다. 판타지 만화에 나올 법한 이름은 특히나 주의했다. 만화가라 그런지 자꾸만 그런 이름에 혹하는 나를 진정시키기 어려웠다. 글자로 썼을 때도 예쁘고 발음도 예쁘면서 '연도별 인기 있는 아기 이름' 순위에 들어가지 않을 만한 이름.

마지막 목록에서 살아남은 이름들이 뭐였는지 잘 기억나지 않는다. 마음에 차지 않는 너덧 가지 후보를 가지고 가끔 친구와 가던 철학관에 방문했다. 나는 사주나 점 보는 걸 좋아하긴 하지만 오로지 나의 기분 전환용으로만 생각하고 좋은 내용만 믿는 편이다.(물론 점을 보는 모든 사람이 이렇게 말하긴 한다는 건 안다.) 하지만 막상 내가 가져온 이름들이 아이의 사주를 거스르는 안 좋은 이름이라는 말을 듣고 나니 그걸 무시할 만큼 합리적인 사고를 하지 못했다. 그나마 아기의 생시와 운명에 맞는 이름은 대법원이 지정한 '인명용 한자표'라는 것에 없어서 출생신고를 하지 못한다고 했다. 그런 건 예상치도 못했다. 한자 이름이 아닌 순우리말 이름으로 신고해도 된다고 했지만 아쉬움이 남았다. 고민 끝에 작명을 부탁드렸는데 운명에 딱! 맞춰서 아저씨가 지어주신 이름들은 미안하지만 너무 구려서 쓰고 싶지 않았다.

아아, 어떻게 하나….

철학관 아저씨는 갑자기 우리나라 한자 이름 시스템과 정부를 머저리 같은 놈들이라며 욕하기 시작하고… 나는 이러지도 못하고 저러지도 못하고 마냥 앉아 있었다. 그러다 문득 떠오른 이름.

'시호'는 남편이 생각한 이름이었다.

아기를 낳고 산후조리원에 들어간 다음 날, 산모의 산후풍 예방에 잔소리를 아끼지 않던 원장의 눈을 피해 남편과 몰래 밖으로 나가 밤바람을 맞았다. 근처에서 임신성 당뇨 때문에 임신 기간 내내 먹지 못했던 짜장면과 탕수육을 먹고 다시 산후조리원으로 돌아가던 달 밝은 밤의 골목. 이런저런 이야기를 하던 중에 갑자기 남편이 "시호 어때?"라고 물었고 별로라고 생각했지만 남편의 이름 짓기 의욕을 꺾고 싶지 않아서 대강 "괜찮네" 하고 칭찬했었다.

그 순간 그 이름이 떠오를 줄이야. 후보 목록에는 없었지만 일단 물어보았다. 다행히 두 글자 모두 인명용 한자표에 있었고 그놈의 운명도 크게 거스르지 않았다.

비로소 시, 밝을 호.

"네가 태어나 비로소 세상이 밝아졌다는 뜻이지"라며 아저씨가 내 안색을 살폈지만 나는

끝내 결정하지 못하고 준비해 간 이름 중 하나로 정한 뒤 집으로 돌아왔다.

'그 이름이 정말 최선일까. 단지 익숙하지 않아서 이거다, 라는 느낌이 없는 거겠지?'라며 자신을 설득했다. 그러고도 미련이 남아 역시 시호가 낫지 않을까, 역시 다시 가서 시호로 바꿔야겠다며 남편을 떠보았던 다음 날 오후. 회사에 있던 남편이 메신저로 "시호는" 하고 아기 안부를 물어왔다.

"시호는"

메신저에 찍힌 세 마디 활자를 보는 순간 모든 게 당연해져버렸다.

태어나기도 전부터 그렇게 불러왔던 것처럼.

다음 날 다시 철학관을 찾아가 아저씨가 정성스레 먹으로 써주신 새 작명지를 받아 왔다.

아이의 이름과 뜻, 운명 등등이 적힌 종이를 들고 집으로 돌아오면서 오랜만에 햇볕을 쬐는데 갑자기 시간이 멈춘 것 같았다.

인생의 한 장면이 될 것 같아서 몇 번이고 마음속으로 되새겼다.

• • • 시호라는 이름이 남편이 만들었던 연애시뮬레이션 게임의 남자 주인공 이름 중 하나였다는 걸 알게 된 것은 그로부터 꽤 오랜 후였지만 아는 척하진 않았다.

• • • '시호는'이라는 말은 우리 부부의 메신저에서 '밥 먹었어?'나 '뭐 해'처럼 많이 쓰는 말이 되었다.

• • • 2016년 희대의 국정 농단에 연루된 인물 덕분에 이름 잘못 지었다며 어른들의 전화를 받게 된다.

• • • 2017년 현재 키즈 카페에 가면 시호라는 이름을 가진 아이를 꽤 자주 마주친다. 곧 '연도별 인기 있는 아기 이름' 목록에 들어갈지도 모른다.

수유실에서 벨이 울릴 때

뭘 고르건 디자인이 마음에 들면 괜히 신뢰하는 편인데(이런 걸 후광효과의 오류라고 부르는 것 같다) 산후조리원도 그렇게 골랐다. 산후조리원이라서 특히 그랬다. 평소라면 며칠쯤 내 취향이 아닌 곳에 머물러도 아무렇지 않겠지만 출산 후 몸과 마음이 피폐해진 상태에서 빨간 꽃무늬 벽지와 연두색 침구의 펑키함을 견디기는 무리일 것 같았다. 예상대로 깔끔한 침구와 베이지 톤으로 정돈된 방에 혼자 앉아 있으니 호르몬으로 오르락내리락하던 마음이 꽤 신속히 가라앉는 듯했다. 평소 지출 범위를 훨씬 웃도는 곳이었지만 아깝지 않았다. 문제는 혼자 조용히 앉아 있을 틈이 거의 없다는 거였지만. 호텔풍 인테리어의 쾌적함을 만끽하며 방 구석구석 비치된 편의용품을 다 살피기도 전에 전화벨이 울렸다.

"수유하시겠어요?"

수유실과 신생아실은 작은 미닫이문으로 연결되어 있다. 각자의 방에서 호출된 엄마들은 수유실 벽을 따라 이어진 긴 소파에 자리 잡은 뒤 수유 브라를 미리 풀어두고 미닫이문을 바라본다. 문이 열리기도 전에 엄마 젖을 찾는 아기 울음소리가 들리고 벌써 귀에 익어 내 아기임을 알아챈 엄마들이 키득거린다. 난리가 났네 난리가 났어, 엄마 여기 있어.

나 역시 문을 바라보고 있다. 멀리서 아직 정식 이름이 없는 내 아기 쌀이 울음소리가 들린다. 이번에는 잘할 수 있을까. 나에게 가까워지자 쌀이는 조그만 입술을 벌리고 고개를 휘저으며 엄마 젖을 찾는다. 새끼 제비처럼 힘껏 벌린 입이 귀여워서 가슴이 뭉클하지만 허겁지겁 젖을 물리는 순간, 터져 나오는 신음을 간신히 속으로 삼킨다.

'고문이야… 이건 고문이야….'

병원에서도 모유 수유에 성공하지 못했다. 산후조리원에 와서도 마찬가지였다. 됐다고 느끼는 건 열 번에 한두 번. 우선 젖을 찾아 쉴 새 없이 빼끔거리는 아기 입에 젖꼭지를 물리는 것부터 어려웠다. 유두와 아기 입은 맞는 조립법이 따로 있다. 누군가는 이 과정을 영화 〈인터스텔라〉에서의 도킹 과정에 비유했는데 정말 딱이다. 제대로 각도를 맞춰서 끼우면

딸깍하며(실제로 소리는 나지 않지만) 아기가 안정적으로 젖을 빨게 되지만 조금이라도 각도가 틀어지면 불안정하게 물린 유두를 아기가 놓지 않으려 힘껏 물고 늘어져, 친구 언니의 표현으로 '악어가 씹는 듯한' 통증이 수유하는 내내(보통 30분 내외) 지속된다. 젖을 물려는 아기의 본능은 엄청나게 강력해서, 내가 조금이라도 각도를 조절해보려 아기 입에 슬며시 젖꼭지를 대면 제대로 자세를 잡을 틈도 없이 덥석 물어버려서 더 어려웠다. 전문가의 도움을 받아 제대로 물리면 확실히 덜 아프긴 하지만 내 유두는… 자세히 묘사하기는 어렵고 모유 수유에 이상적이지 않았다고만 해두자. 거기다 일단 젖을 물리는 데까지 성공하더라도 고개를 가누지 못하는 아기가 흔들리지 않도록 온몸에 힘을 준 채 수유 자세를 유지하다 보니 하루 종일 몸이 결리고 아팠다.

수유를 위해 상의를 벗는 순간 몰려오는 기묘한 감정 또한 뭐라 표현하기 어려웠다. 나는 원래 옷을 벗고 있는 상태를 잘 못 견디는 편이다.(쓰고 보니 벗고 있는 게 편한 쪽이 더 드물지 않을까 싶다.) 왜인지는 몰라도 샤워를 하려고 옷을 벗는 순간 외롭고 막막한 기분이 든다. 털가죽이 없는 인간으로서 최소한의 보호막을 잃어버리고 느끼는 두려움일까. 가뜩이나 그런 기분인데 만만치 않은 포식자가 내 가슴을 노리고 있으니 더 혼란스러운 건지도 모르겠다.

엄마가 아기에게 젖을 주는 건 아름답고 따뜻한 일이라고 배웠는데, 어째서 나는 이런 위화감을 느끼는 것인지 죄책감이 들었다. 나만 이렇게 느끼는 걸까. 나에게 수유가 좀 더 수월했다면 이런 감정을 느끼지 않았을까. 낯선 여자들과 섞여 가장 사적인 일을 하는 이 공간이 괴이하게 여겨졌다. '수유실'이라는 이름만 들으면 엄마들이 아기에게 젖을 먹이며 서로 덕담도 주고받는 포근한 공간일 것 같지만 정반대였다. 분위기가 풀어지는 건 앞서 말한 아기가 등장하는 잠깐뿐. 내가 있었던 곳만의 분위기인지 아니면 그저 내가 섞이지 못한 것인지 몰라도, 각자 아기에게 젖을 먹이느라 고군분투하는 이제 3, 4일 차 초보 엄마들이 내뿜는 피로와 스트레스의 오라 속에서 누구도 가볍게 말을 내뱉지 못했다. 가끔씩 서로 칭얼대는 아기를 흘끔거리며 이해한다는 듯 웃음을 주고받기도 했지만 대부분은 자기 가슴에 매달린 과제를 해결하느라 남을 신경 쓸 여유가 없었다.

수유실에 앉아 종종 수영을 배우던 때를 떠올렸다. 수영장 안에서는 오로지 수영 실력만으로 인간을 평가하는 경향이 있다. 당연하지만 그 누구도 내가 펜선을 얼마나 능숙하게 다루는지, 먹칠을 깔끔하게 잘하는지 관심을 가지지 않는다. 운동에 소질이 없는 나는 수영도 잘하지 못했고 어설픈 몸짓으로 삐뚤빼뚤 전진하는 나를 제치고 지나가는 상급자 아주머니들에게 괜히 주눅이 들곤 했다. 오랜 수영 경력을 증명하듯 단체 모자를 맞춰 쓴

그분들…이 레인의 끝과 끝을 왕복하는 몸짓에는 거침이 없었다. 내가 밖에서 얼마나 인간의 몫을 잘하고 있건, 평영 발차기나 자유형 팔꺾기를 못한다는 이유로 세상 쓸모없는 인간이 된 것 같았다. 수영을 배우러 간 것이니 '수영 좀 못하면 어때'라는 생각은 별로 위안이 되지 않았다.

그래도 수영장에서 느꼈던 무능감은 그나마 긍정의 무능감이었다. 더 잘하고 싶은 의지를 자극하기도 하는 데다 여차하면 수영장을 나가면 그만이니까. 수유실은 나갈 수가 없다. (듣기로) 모유는 엄마가 줄 수 있는 최고의 선물이고 (듣기로) 모유 먹은 아기는 건강한 데다 잔병치레도 없고 (듣기로) 엄마와 아기의 애착 발달에도 중요한 역할을 한다고 하니까. 어떤 엄마가 그런 만병통치약을 포기하려고 할까. 완모 성공률에 자부심을 가지고 있는 원장님의 지도 아래 차근차근 모유의 길을 걷고 있는 예닐곱 명의 초보 엄마들 중 나는 가장 수유를 못하는 산모였고, 긴 레인에서 혼자 속도를 맞추지 못하고 옆으로 비켜 나와 있는 것 같았다.

모유 수유에 점점 회의적이 되어갔다. 과연 인간이 아기에게 젖을 물리도록 진화한 것이 맞는가 하는 의문이 들었다. 오르가슴이 번식을 위해 주어진 쾌감이라면, 태어난 생명체가 무사히 성장하는 데 필요한 수유는 어째서 쾌감을 주는 방식으로 진화되지 않았지? 아무리 생각해도 모유 수유는 (내 입장에선) '과연 이래도 직접 젖을 물릴 테냐? 죽어봐라 인간아.

으하하하’ 이거 아닌가? 바스락거리는 호텔식 침구가 다 뭐란 말인가. 내가 매일같이 덮는 건 차가운 양배추 잎이었다.

결국 수유를 시작한 지 일주일이 지나도록 진도를 따라가지 못하는 내 앞에 산후조리원 원장과 신생아실 간호사가 섰다. 두 사람 다 오케타니 마사지 자격증을 보유하고 있는 모유 수유 전문가(라고 산후조리원 홈페이지 약력에 적혀 있었)다. 휑하니 드러낸 내 양쪽 가슴을 요렇게도 보고 조렇게도 보며 두 사람은 고개를 갸우뚱하기도 하고 미간에 주름을 잡기도 하며, 유선이 어떻고 모양이 어떻고 원장님 이 유두는 말이죠, 라는 둥의 대화를 주고받는데 아무래도 수유실 사람들이 다들 경청하는 분위기였다. 가뜩이나 주목받는 걸 부끄러워하는 나인데, 찌찌가 주목받으니 거의 죽을 것 같았다.

관찰을 끝낸 뒤, 신생아실 선생님이 가벼운 말투로 소파에 누워보라고 했다. 유선이 뚫리지 않아 젖이 가슴 안에 고여서 뭉치는 거라며 마사지를 해주겠다는 것이었다. 이야, 마사지 좋지요. 가벼운 마음으로 빈 소파에 길게 눕자 선생님은 능숙한 손길로 단단하게 뭉친 가슴을 꾹꾹 누르며 유선 뚫는 마사지를 시작했다. 사실 마사지라는 용어는 어감이 너무 평화롭다. 가슴 크기만 한 여드름을 한 번에 터뜨려 압출하는 통증을 표현할 더 적확한 용어는 없을까.

3분 간격으로 진통을 겪을 때도 울지 않았는데 식은땀을 흘리며 흐느꼈다. 거의 사극에서 주리 틀리는 궁녀 같았다. 하지만 마사지는 멈추지 않았다. 얼마나 시간이 지났을까. 가슴에서 팍 하고 모유가 분수처럼 솟아올랐다. 유전 발견! 모유가 수유실 천장까지 튀었다.(놀랍다.) 땀이 흥건한 선생님의 안경에도 아이보리빛 모유가 튀어 흘러내렸는데 그 기괴한 이미지는 평생 잊을 수 없을 것 같다. 지금 생각해보니 영화 〈마더〉에서 할배에게 미친 듯이 망치를 휘두른 후 한숨 돌리던 김혜자의 피 튄 얼굴과 비슷한 이미지였던 듯도 싶다.(죄송합니다, 선생님.)

마사지가 끝나고 거의 넋이 나간 상태로 땀에 젖은 몸을 일으켰다. 수유 중이던 산모들이 내 쪽을 쳐다보지 않으려 노력해주는 게 고마웠다. 이 '유선 뚫는 마사지'의 정식 이름은 오케타니(통곡) 마사지였고, 너무 아파서 통곡이 나올 정도라 붙여진 이름이라는 것은 나중에 알게 되었다. 이름을 제대로 정직하게 붙여두었구나 하고 안심했다. 통곡의 마사지가 끝나고 너덜너덜해진 몸을 이끌고 방에 돌아와 쓰러져 잠이 들었다. 그리고 한 시간 뒤 다시 전화벨이 울렸다.

"수유하시겠어요?"

그만하고 싶어요.

이 말이 차마 나오질 않는다.

아기가 예쁘다. 너무 예뻐서 가장 좋은 것만 주고 싶다. 그게 모유라면 조금 더 노력해봐야 하는 것 아닐까. 하루만, 이틀만 더 참으면 되는데 내가 너무 섣부른 건 아닐까. 하지만 마음과는 달리 아픈 게 무서웠다. 열흘째 되던 날은 아기에게 직접 물리는 것을 피하고 유축만 한 다음 젖병으로 먹이는 우회법을 썼다. 젖이 물어뜯기지 않으니 오랜만에 가슴이 얼마나 편하던지 살 것 같았다. 그러나 다음 날 새벽, 한쪽 가슴이 돌처럼 딱딱해지더니 팔을 움직일 수 없을 만큼 아팠다. 유축기의 성능은 아기가 빠는 힘만큼 강하지 않아 가슴에 고여 있는 젖을 다 빨아들이지 못하고, 그렇게 빠져나가지 못한 젖이 젖몸살을 부른 것이라고 했다. 다들 이렇게 편한 방법을 쓰지 않는 이유가 있었다. 젖을 물리지 않으면 계속 그럴 거라는 선생님의 말에 결국 다시 아기를 받아 들었다. 그리고 5분쯤 물렸을까.

"도저히 못 하겠어요."

견디다 못해 아기를 후다닥 떼어내면서 내 입에서 포기 선언이 저절로 튀어나왔다. 수유실에 순간 정적이 흘렀다.

그래요, 나는 못 합니다. 이 레인에서 나가겠습니다.

이제와 생각해보면 '못 하겠다'는 한마디가 뭐 그리 어려웠을까 싶지만 세상에서 제일 거스르기 어려운 것이 분위기라는 것이다. 다 같이 웃어야 하는 분위기, 다 같이 뭔가를 해야 하는 그 분위기. 아기에게는 모유가 최고의 선물이며 그걸 주지 못하는 엄마는 모성이 부족하다고 비난받는 세상의 분위기.

초보 엄마였던 나는 그 분위기를 깨도 된다는 것조차 알지 못했다.

그 후로 정말 단유를 하기까지는 열흘쯤 더 걸렸다. 의사, 간호사, 산후조리사, 시부모님, 엄마… 내 인생에 갑자기 의견이 많아졌다. 서울로 올라와 독립한 이후로 모든 걸 내가 판단하고 결정하며 살아왔는데, 다시 고향으로 돌아간 것처럼 눈치를 보느라 도무지 심플하게 결정할 수가 없었다. 평소엔 죽어라 엄마 말을 듣지 않는 나인데 아기의 건강이 걸려 있으니 조금만 버티면 익숙해진다는 엄마의 장담에 선뜻 내 결정을 확신하기 어려웠다. 수유를 끝내고 보니 아기 입에 피가 묻어 있더라는 이야기를 했더니, 나도 너 먹일 때 그랬다며 조금만 더 참아보라고, 계속 참고 먹이다 보면 단련이 돼서 아프지 않을 거라고 했다. 단련이라니. 단련되면 유두가 발뒤꿈치처럼 단단해지는 것일까. 유선염으로 열이 40도까지 오른 내게 수유를 더 적극적으로 할 것을 권유하는 담당의와 "오늘도 수유 안 하실 건가요?" 묻는 신생아실 선생님의 질문도 내 다짐을 흔들었다. 처음부터 끝까지 분유로 바꾸자고 설득하는 딱 한 사람, 남편의 '소수 의견'은 내가 평생 학습해온 모유와 모성애라는 굴레를 꺾기엔 역부족이었다.

그런데 의외로 이 지루한 죄책감 레이스를 끊어준 건 예상 밖의 인물이었다. 수유의 ㅅ도 모르는 사람, 우리 아빠였다.

장을 보러 나가는 엄마에게 임신 내내 먹고 싶었던 시장표 찹쌀도나쓰를 부탁하고, 잠든 아기 옆에 누운 채 깜빡 잠이 들었다가 전화벨 소리에 깼다. 엄마와 통화를 한 아빠가 나에게 다짜고짜 화를 내는 거다.

"찹쌀도나쓰 같은 기름에 튀긴 걸 먹으면 어떡하냐. 시장에서 쓰는 기름이 얼마나 지저분한지 알아? 밀가루 튀긴 게 모유에 안 좋은 성분이 얼마나 많은데!"

거의 이성을 잃은 나는 아빠에게 한바탕 쏟아부은 뒤 다음 날 바로 병원에 가서 담당의에게 (드디어!) "단유하는 약 처방해주세요"라고 또박또박 말했다. 그건 더 이상의 내 찌찌에 대한 간섭을 불허한다는 선언이었다.

내 인생의 손님들이 모두 제자리로 돌아가고, 통증도 사라졌다. 통증이 사라지자 시호의 예쁜 점을 제대로 예뻐해줄 여유가 생겼다. 아아, 신생아는 정말 사랑스럽다. 아기가 신생아기간인 한 달 동안 정신과 육체가 너덜너덜해져 그 귀여움을 100퍼센트 즐길 수 없었다는 게 너무나 아쉬울 뿐. 그 기간 동안은 너무 힘들어서 사진을 거의 찍지 않은 것도 후회된다. 내가 이렇게 아기를 귀여워할 줄 미리 알았다면 정신 바짝 차리고 귀여워할 준비를 했을 텐데. 도대체 누가 정서적 교감을 모유 수유만의 장점이라고 주장한 걸까. 이해가 가지 않는다. 당연하게도, 분유 역시 모유를 먹일 때처럼 아기를 품에 안아서 먹이고 아기와 눈을 마주치며 교감한다. 아기는 내 몸에 바짝 붙어 내 심장 소리를 듣는다. 게다가 말로 전달하기 어려운 이 기분을 남편과도 공평하게 나눌 수 있다. 우리 집에 오면, 시호를 사랑하는 누구나 시호에게 맘마를 줄 수 있다.

19일간의 모유 수유 도전으로 얻은 건, 육아 생활의 가이드라인 역시 지금까지의 내 인생 가이드라인과 다를 것 없다는 깨달음이었다. 최선을 다하되 나를 갈아 넣지는 말 것. 내가 할 수 있는 일을 하고 나머지는 운명에 맡길 것.

인간의 일생이 갓난아기일 적에 먹은 모유로 결정되는 것이 아니라서 다행이다. 그랬다면 아마도 나는 서슴없이 유두를 단련했을 것이다. 그게 아니라서 유두에 망치질을 하지 않아도 되니 얼마나 다행인지. 모유를 먹은 남편과 내가 평생 허약했다는 사실도 이제 와 작은 위안이다. 여전히 분유통에 적힌 "아기에게는 모유가 최고입니다"라는 훈계는 볼 때마다 화가 나지만 말이다.

• • • 한국에서 분유의 모든 매체 광고와 판촉 행위는 불법이며 분유 용기 겉면에 '모유 권유' 문구를 삽입하도록 되어 있다.(2017년 기준)

아랫배에서 벌어지는 일

출산할 때 꿰맨 자리가 잘 아물고 있는지 보기 위해 산부인과에 갔다. 간 김에 자궁경부암 검진도 함께 받았다. 몸에 들어오는 차가운 금속의 느낌은 아이를 낳고도 여전히 기분이 나쁘다. 처음 산부인과에 방문해 산전 검진을 받았던 날도 하루 종일 온몸이 아팠다.

"으음~ 아주 잘 아물고 있고요."

의사가 말을 멈추고 입꼬리를 올리며 나를 보면, 질문 타임이다.

"좀 이상한 게 있는데요. 가끔씩 아랫배에서 태동 같은 게 느껴지더라고요. 만져보면 불룩 튀어나왔다가 다시 없어지고. 진짜 꼭 태동처럼 꿀렁거려요."

정말이다. 분명히 아기는 이미 밖에 나왔는데 나는 여전히 태동(같은 것)을 느끼고 있었다.

일하느라 책상 앞에 앉아 있으면 임신했을 때처럼 문득 한 번씩 뭔가가 배 안쪽 벽을 스윽 밀고 지나간다. 손을 대면 뭔가 만져졌다가 사라진다.

어쩌면 아기를 낳고 자궁에 이상이 생긴 건 아닐까. 아니면 아기를 꺼낸 다음 의사가 깜빡하고 미처 꺼내지 못한 뭔가가 아직 배 속에 남은 채로 돌아다니고 있는 건 아닐까. 나오지 못한 배 속의 그 무엇이 깜깜한 배 속을 혼자 떠돌고 있다니… 무사히 밖으로 나온 아기는 이렇게 엄마에게 잔뜩 사랑받고 있는데….(아직 산후 호르몬이 날뛰는 중이다.)

어쩐지 그 녀석이 혼자 우주선에 탑승해 지구 밖을 떠돌아다닌 개 라이카 같다는 망구 쓸데없는 별의별 생각을 다 하다가 검진날인 오늘 타이밍을 기다렸다 질문한 것이다. 혹시나 수술이라도 해야 하면 어쩌나 생각하며 의사의 표정을 살폈다.

"그거 변이에요."

"예? 변이요?"

"변이 지나가고 있는 거예요."

"아… 아닌 것 같은데…. 변이 지나가는 게 겉에서 만져지나요?"

"그럼요."

의사는 다시 입꼬리를 올렸다.

말도 안 된다, 어떻게 지나가는 변이 만져질 수가 있는 거냐, 이건 분명히 출산 후부터 느끼는 거다, 아기를 낳기 전엔 한 번도 이런 일이 없었다, 내 라이카가 변일 리 없다 등등 더 묻고 싶은 말이 떠올랐지만 전문의의 단호한 진단에 그냥 일어설 수밖에 없었다. 엑스레이라도 찍어보자고 말할 용기는 나지 않았다. 진짜로 똥이 찍힐까 봐.

집으로 돌아온 뒤에도 예의 그 꿀렁임은 주기적으로 계속되었고 나는 그때마다 화장실에 가고 싶어지는지를 면밀히 관찰했다. 의사의 말대로 배가 꿀렁거릴 때 약간 변의가 오는 것 같기도 했다. 이렇게 또렷한 현상을 나는 어째서 출산 후에만 느끼게 된 걸까. 혼자 내린 나름의 결론은, 임신 내내 아랫배의 활동을 늘 예민하게 의식했던 게 버릇이 되었다는 것이다. 출산 후에 배란통이 더 또렷하게 느껴지는 것도 비슷한 이유일 테지.

그러니까 내 아랫배는 나에게 아이가 떠난 빈방 같은 것인 셈이다. 아무것도 없는데 버릇처럼 들여다보게 되는. 들여다보면 변들이 힘차게 이동하고 있을 뿐이지만 말이다.

2012년 12월 16일 일요일 흐림 1.6°C

육아 서적 사은품으로 받은 '전래 자장가' 시디가 있는데, 들으면 노랫말이 막 마음을 울렁울렁하게 만든다. 특히 <머리끝에 오는 잠>이나 <얼굴 솜솜 예쁜 엄마>는 어쩜 그렇게 잠이 오는 아기 모습과 아기를 재우는 방 안의 공기를 잘 살렸는지 감격하면서 듣고 있다.
웃긴 건, 들으면서 처음 듣는 것 같지 않고 가사도 띄엄띄엄 외우고 있어서 내내 이상하다고 생각했는데 알고 보니 임신부 요가 교실에서 '이런 분위기 싫다'고 생각했던 그 노래였다.

혼돈의 카오스 그리고 아름다운 것

출산 열흘 전, 남편과 카페에 앉아 국민육아서 『베이비 위스퍼』를 읽었다. 'E.A.S.Y'며 '수면 교육'이며 코끼리 다리 만지는 심정으로 더듬더듬 육아를 짐작해보는데 부모 성격 테스트가 나왔다. 이런 건 또 내가 무지하게 좋아한다. 대개 '○○ 테스트'는 질문에 딱 잘라 대답하기가 어려워서 5단계의 보기 가운데 '항상 그렇다'를 골라야 할지 '대체로 그렇다'를 골라야 할지 고민될 때가 많은데, 이 테스트의 항목들은 애매할 게 없었다.

"책상 위가 항상 정리되어 있는가?"

절대 안 되어 있죠. 1점.

“물건을 사거나 세탁물을 찾아오면 즉시 정리하는가?”

보통은 안 하지만 돼지고기나 생선 같은 건 바로 냉장고에 넣으니까 ‘가끔 그렇다’겠지? 3점.

“사람들이 지각하는 것을 참지 못하는가?”

내가 또 남의 지각에는 하해와 같이 관대하다. 지각자의 심정을 너무나 잘 알아서. ‘절대 아니다’ 1점.

열 개 남짓한 항목에 체크를 하고 합산한 점수에서 얼마를 빼고 나누고 했더니 결과는, ‘어수선하고 정돈이 안 되지만, 절대로 엉망진창이 되지는 않는 타입’이란다. 장점은 이미 어느 정도 혼란에 익숙하기 때문에 아기와 함께하는 생활이 그렇게 당황스럽지는 않을 거라는 것.(참고로 남편은 계획적이지만 융통성 있는 타입이었다.)

재밌어서 테스트 결과를 SNS에 올렸더니 갑자기 글 타래로 아이 엄마들의 『베이비 위스퍼』 성토와 분노의 간증이 이어졌다. 출산 전에 프린트해서 벽에 붙였는데 아이가 태어난 후 통곡하면서 찢어발겼다는 모 작가, 책대로 수면 교육하다 애 잡을 뻔하고 책을 던져버렸다는 친구… 인터넷을 뒤져보니 이 국민육아서는 증오파와 찬양파로 갈리는 듯했다.

다행히 나는 책에서 배운 수면 교육으로 효과를 봐서(딱 6개월까지였지만) 책을 던질 상황까지는 생기지 않았지만, 부모 성격 테스트 결과처럼 아기와 함께하는 생활이 당황스럽지 않은 건 아니었다. 내가 책을 보며 예상했던 '혼란'이란 집이 미친 듯이 어질러져 있는데 치울 수 없거나, 좀 더 심하면 피자헛 알바 시절 쉴 틈 없이 손님이 밀려드는 토요일 저녁 타임의 혼란 정도였다.(그것도 맞지만.) 아침에 눈뜨면 내 삶을 일으키는 동시에 스스로는 먹을 수도 잘 수도 없는 인간 한 명 분량의 삶을 함께 조율해야 하는 정신없음을 어떻게 설명할 수 있을까. 자동차 두 대를 동시에 운전하는 기분이 이럴까. 산후조리 기간이 끝나고 오늘부터 혼자서 육아를 해보겠다고 도전했던 첫날, 퇴근 후 아기를 안고 침대에 앉아 있는 내 표정에서 죽음의 그림자를 본 남편은 당장 베이비시터부터 구하자고 했다. 남편과 시터가 없었다면 아마 내 차는 지그재그로 달리다 어디론가 굴러떨어졌을 것이다.

아이가 태어나자 생존에 필요한 기본적인 욕구 외의 많은 것들이 우선순위에서 차차 사라졌다. 좋아하는 와인 이름이 뭐였더라. 모스카토 다케시?(모스카토 다스티였다.) 늘 내려 먹던 커피 원두 이름은? 음… 과테말라 이구아나?(과테말라 안티구아다.) 그 잘생기고 길쭉한 일본 배우 이름이 오니기리 조였던가.(오다기리 조다.) 남편과 시터가 없는 날에는 새벽 6시에 일어나

저녁 8시에 첫 소변을 보기도 했는데 오다 조가 다 뭐란 말인가. 내 머릿속은 어제 시호의 응가 상태가 어땠는지, 오늘따라 자주 보채고 우는데 발달에 특이 사항이 있는 건지 아니면 분유를 바꿔서 그런 건지, 새로 온 시터 선생님이 내 육아 방식을 전혀 따라주지 않는데 이걸 어떻게 말씀드려야 할지, 가끔 숨을 힘들게 쉬는 것 같은데 코딱지를 빼줘야 하는 건지 말아야 하는 건지 같은 당장 눈앞에 떨어진 문제를 해결하느라 분주했다. 매일 잎을 닦아주며 아끼던 식물들이 서서히 전멸했지만 솔직히 아무렇지도 않았다. 남편과 둘만의 시간을 갖기 어려운 것, 밤 수유로 새벽에 깨는 것도 생각보다 큰 문젯거리가 되지 않았다. 몇 년간의 마감러 생활로 단련된 끊어 자기 기술이 큰 도움이 된 데다 일주일에 세 번 시터 선생님이 와주니 잠시 일을 미루고 모자란 잠을 보충할 수도 있었다.

하지만 매여 있다는 감각만은 조금 낯설었다.

몸이 쉬고 있어도 언제 다시 아기가 나를 찾을지 모르니 마음이 아기에게서 자유롭지 못했다. 작업실에서 일할 때도 거실에 아기가 있다는 것에서, 아기의 울음소리에서 벗어날 수 없었다. 도무지 차분해질 수가 없었다. 집의 체계는 산후조리원에서 돌아온 뒤부터 한 번도 정돈되지 못한 채 임기응변식으로 매일 이어졌고 머릿속은 아주 혼돈의 카오스였다. 목욕, 목욕을 하면 괜찮아질 거야. 시호가 낮잠을 자는 틈을 타 욕조에 물을 틀었다. 쏟아지는 물소리에 급하게 수도꼭지를 조이고 조심조심, 조용히, 가늘어진 물줄기로 한참 물을 받은 뒤 다시 조심조심 몸을 담갔다. 발등에서 종아리 그리고 허벅지에서 배로… 몸의 긴장이 스르륵 풀리려던 순간 시호가 잠에서 깼다. 이건 너무하지 않니, 아가. 아직 어깨까지 물이 닿지도 못했다고. 억울한 마음에 멀리서 들리는 애타는 울음소리를 무시하고 몇 분인가를 욕조에 멍하니 앉아 있었다.

잠시라도 어딘가로 숨고 싶었다. 대답하지 않아도 되는 곳이 필요했다.

아름답고 질서가 확실한 것들, 그림, 사진, 이야기, 물건… 지금 이 생활과 완전히 분리된 어떤 것. 그런 것을 보고 있으면 잠깐 마음이 잠잠해졌다. 그러고 보니 시댁에 가면 미친 듯이 혼자 영화관으로 달아나거나 커피를 마시러 가고 싶었던 것도 이런 심리인 걸까.

엄마가 시터에게 아기를 맡기고 이렇게 홀가분한 채 있어도 될까 싶은 초보 엄마의 죄책감, 이 시간에 그냥 모자란 잠을 보충할까 아니면 어질러진 집을 정리할까 하는 기회비용 고민, 거기에 만사가 다 귀찮은 마음까지 떨치고 억지로 몸을 일으켜 영화와 그림을 보고, 만화책을 사고, 먹고 싶은 빵을 사러 갔다. 이렇게 정신없이 바쁜데 예전의 관심사를 유지해보려는 거, 너무 부자연스럽지 않나 생각하면서도 그렇게 했다. 지금 돌이켜보면 내 생활에 아름다운 부분을 조금이라도 남겨두려 애썼던 시간들이 내가 가진 인간성을 유지하게 해준 듯하다. 그 시간들 덕분에 육아의 아름다움도 즐길 수 있었다고 믿는다.

두 달이 지나던 날부터는 아기가 먹고 놀고 자는 시간을 일지로 만들어 기록해보았다. 아기의 하루 패턴을 예측하고 약간이나마 조율할 수 있게 되자, 육아가 점점 할 만하다는 생각이 들었다. 이런 걸 전문용어로 '양육 효능감'이라고 하던가. 당시에는 몰랐는데 다시 『베이비 위스퍼』를 뒤져보니 나 같은 타입은 규칙적으로 생활하기 위해서는 계획표를 세울 필요가 있으니 매일 아기가 먹고 놀고 자는 시간을 정확하게 적어두라는 조언이 있었다. 역시 『베이비 위스퍼』는 위대해. 나는 찬양파가 되겠다.

2012년 12월 5일 수요일 폭설 -3.8°C

여드름이 낫질 않고 점점 더 심해져서 아기를 맡겨놓고 피부과에 갔다. 폭설이라 오늘 하루는 공쳤다고 생각하고 있었는데 내가 눈발을 뚫고 등장하니 피부과 직원분이 감동을 한 것 같았다. 지옥의 여드름 압출을 하고 한 달 뒤면 예전 피부로 돌아갈 수 있을 거라는 희망을 얻고 근처에서 뽀모도로 파스타도 먹고 커피도 한 잔 사서 집에 오는데 행복했다. 베이비시터에, 피부과에, 레스토랑에, 커피에, 행복에는 돈이 든다.

강아지를 재운 밤

시호를 재우고 조용해진 거실로 나오면 강아지를 내 방에 몰래 숨겨서 재우던 밤이 생각난다. 어릴 적 우리 동네에는 버려진 고양이와 강아지가 많았다. 나는 고양이든 개든 혼자 울고 있는 동물이 있으면 엄마에게 묻지도 않고 무작정 집에 데려오곤 했다. 과일 가게를 하던 우리 집에는 언제나 박스가 많았다. 귤 상자에 수건을 깔아 집을 마련해주고 내 방 이부자리 옆에 둔 다음 상자 밖으로 고개를 내미는 아기 동물을 쉬—쉬— 달래며 재우고 나면, 아침에는 사라져 있었다. 어딜 갔냐며 따져 묻는 나에게 엄마는 주인이 찾으러 왔다거나 키우고 싶어 하는 사람이 있어서 줬다고 했다.

중학교 1학년 때였다.

하루는 학교 가는 길에 강아지 한 마리가 떨고 있었다. 몇 번을 망설이다 책가방에 강아지를 넣고 교실에 들어갔다. 다행히 강아지는 빼꼼 열어둔 가방 속에서 조용히 낑낑거리다 잠들었다. 토요일이라 4교시 수업인 것도 운이 좋았다. 반 아이들에게 짠 하고 가방을 열어 보여주었는데 다들 야단법석이면서도 수업이 시작되자 입을 꾹 다물고 비밀을 지켜주었다. 수업을 마치고 가게에 들러 가방 속 강아지를 보여주는 나를 보며 엄마는 황당해했지만 혼내지는 않았다.

집에 돌아와서는 종일 강아지를 돌보다 잠을 잤다. 이번에도 귤 상자에 수건을 깔고 잠자리를 마련해주었다. 바들바들 떨고 있는 강아지를 쓰다듬으며 안심시키고는 쉬―쉬― 재웠다. 안심하렴 아가야, 여긴 비가 오지 않고 밤은 안전할 거야. 우리 집에 강아지가 있다는 걸, 내 눈앞에 있는 강아지와 함께 잠이 든다는 걸 믿을 수 없어 하며 잠이 들었다. 하지만 아침에 눈을 떴을 때는 나 혼자였다.

다음 날 눈 뜨면 사라져 있을 것만 같은 불안감이 아기를 재우고도 찾아온다. 매일 밤, 내일 아침 시호가 나를 깨울 것이라는 사실에 확신을 갖지 못한 채로 "그럴 거야… 분명히 아침에도 시호가 곁에 있을 거야…" 읊조리며 잠이 든다.

육아 RPG

아기 예방접종을 하러 가는 날이 신난다고 하면 다들 이상하게 생각할까. 남편은 접종하고 열이 날까 봐 걱정만 됐다고 하는데 나는 어쩐지 긴장되면서도 꽤 들떴다. 아기를 살펴본 의사에게 진료 소견과 주의 사항을 들으며 제법 부모답게 고개를 끄덕이는 순간이 기분 좋다. 아기의 허벅지에 주삿바늘이 들어가는 순간에는 고개를 돌리고 말 때도 있지만 대개는 꾹 참고 끝까지 지켜본 후 침착하게 아기를 달랜다. 제대로 부모 역할을 하고 있다는 작은 성취감.

때로는 육아가 둘이서 즐기는 긴 롤플레잉 게임(RPG) 같다는 생각이 든다. 벗어나고 싶을 때 벗어나면 그만인 게임에 육아를 빗대면 화를 내는 사람이 있을지도 모르지만, 캐릭터의 레벨을 성장시키기 위해 수많은 시간을 투자하고 주어진 퀘스트를 쉴 새 없이 수행해나가야 하는 구조는 역시 육아를 닮았다. 육아야말로 하나의 퀘스트가 끝나면 듣도 보도 못한 새로운 퀘스트가 끝없이 이어지는 일이 아닌가.

6개월 예방접종 시키기 퀘스트에는 꽤 곤란을 겪었다. 의사의 권유대로 세 종류의 예방주사를 한꺼번에 맞게 하는 바람에 첫 열감기를 치른 것이다. 의사의 말을 수동적으로 따르기만 해서는 안 된다는 것, 한 번에 한 가지 접종이 안전하다는 교훈을 얻었다.

이유식 먹이기와 배냇머리 깎이기 퀘스트는 흡족히 완료했지만, 한겨울에 아기와 단둘이 시내로 외출하기 퀘스트 때는 울었다. 주머니가 수십 개(실제로는 열 개 남짓이지만 뭔가를 찾을 때는 수십 개 같다)인 묵직한 기저귀 가방을 들고 두꺼운 바디수트를 입힌 아기를 다시 아기띠로 안고 그 위에 내 외투도 입었더니, 커다란 인형 탈을 쓰고 움직이는 것 같았다. 지하철에 타자 아기는 더워서 울기 시작하는데 간단히 옷을 벗길 수도 없으니(왜 바디수트를 입혔을까) 허겁지겁 다시 내려서 벤치에 눕혔다. 발버둥치는 아이를 달래가며 옷을 벗겼지만 또 플랫폼 안은 추워서 울어대고 가방에서 물건은 자꾸 굴러떨어지고 이러지도 저러지도 못하는 패닉 그 자체. 결국 집으로 되돌아가기로 하고는 개찰구 앞에서 한 손으로 아기를 토닥이며 나머지 한 손으로 교통카드를 찾다가 폭발하고 말았다. 2호선 어느 지하철역 개찰구 앞에서 부산스레 움직이다 "흐어어억!!!" 하고 사자후를 지른 아기 엄마를 본 적이 있으신가요. 저랍니다. 남편을 호출해

겨우겨우 개찰구를 통과하면서 다시는 둘이서 나가지 않을 거라며 엉엉 울었다. 덤으로 시호는 그날 심한 열감기에 걸렸고.

지금은 아기를 안고 있으면 가방을 열어 물건 찾기가 어려우니 한 손으로 재빨리 꺼낼 수 있는 곳에 카드와 휴대전화와 가제수건을 넣어야 한다는 걸, 실내와 실외의 어떤 온도에도 대응할 수 있는 벗기기 쉬운 겉옷과 목수건을 준비해야 한다는 걸 알지만 그때는 그런 디테일한 상황들을 미리 예상하는 일이 익숙지 않았다.

퀘스트가 있는가 하면 이벤트도 발생한다. 백일, 200일, 첫 크리스마스…. 매일의 육아를 거듭하며 희로애락을 반복하다 보면 어느 날 짠 하고 분기점이 나타나서는 '우리가 부모구나, 우리는 가족이구나' 하는 일종의 연대 의식 같은 감정을 부추기는 일.

남편과 눈빛만으로 감격을 주고받으며 어느 순간보다 짙게 부모로서 서 있는 순간들이 참 좋다.

백일이 되면 아기 곁을 지켜주던 삼신할머니가 떠난다고 한다. 어디로 가시는 건지는 모르겠지만 아무튼 백일을 기점으로 잘 먹고 잘 자던 순둥이 아기도 일명 '백일의 기절'이라는 이름이 붙을 정도로 투정이 심해진다고 하니, 아마도 그래서 생겨난 이야기가 아닐까. 실제로 시호도 백일을 전후로 갑자기 잠투정이 늘었고 잘 놀다가도 자지러지게 울거나 젖병을 거부하기도 했다.

"아니, 애가 왜 갑자기 울고불고 잠도 안 자는 거지?"

"백일이 넘어서 삼신할머니가 가셨나 봐."

생각만 해도 웃음이 나는 귀여운 이야기다.

알고 보니 분유를 2단계로 바꿔서 생긴 일이긴 했지만 말이다.

백일 아침, 새벽 수유를 끝내고 인터넷에서 본 대로 남편은 밥과 미역국을 만들고 나는 시금치, 고사리, 콩나물로 삼색 나물을 만들어 '삼신상'이라는 걸 차렸다. 동쪽을 향해 놓은 삼신상 앞에 잠이 든 시호를 조심히 눕힌 뒤 "우리 시호 발 크게 해주세요"라고 말하며 절을 했다. 21세기 인간 둘이서 뭔 짓인가 싶기도 했지만 사실 나는 이런 쓸데없는 토속신앙을 꽤 재미있어한다. 결혼 후 몇 년간은 제사가 재미있다고 생각했을 정도니까.

오후에 차린 진짜 백일상에는 몇 가지 계절 과일과 시호와 관련된 의미 있는 물건 몇 가지, 동네 떡집에다 미리 주문해둔 새하얀 백설기 떡케이크를 올렸다. 백일이라 백설기를 놓는 거란다. 역시 너무나 귀엽다. 근처에 사는 동생을 불러 단출하게 축하하고, 범보 의자(스스로

앉을 줄 모르는 아기의 몸을 고정해주는 의자)에 끼우듯 앉혀 백일 사진을 찍었다. 부모가 되어 아기 백일 사진을 찍어보니 나와 남편이 백일 사진 속에서 왜 그렇게 얼떨떨한 표정이었는지, 자세는 또 왜 그리 어정쩡했는지 모든 게 이해가 되었다. 정말 간신히 찍었겠구나. 그리고 육아로 머리에 꽂 하나를 달고 살았을 정신없는 생활 중에 백일 사진을 찍으러 사진관에 들어서는 부모님 마음이 얼마나 설레었을지도. 갑자기 그 시절의 엄마 아빠가 같은 또래 아기를 키우는 이웃집 부부처럼 가깝게 느껴져 마음이 애틋해졌다.

150일에는 시호의 첫 도장을 만들었다. 예전에 코엑스몰을 지나다니며 봤던 도장집이 생각나 찾아갔다. 아기처럼 뽀얗고 하얀 뿔도장을 고르고 서체를 고민하다 흑룡체가 있어서 기뻐하며 골랐다. 시호는 흑룡띠니까. 이렇게 의미 부여할 만한 게 있으면 있는 힘껏 부여한다. 나중에 시호에게 해줄 이야깃거리가 늘어났으니 좋지 뭐야. 200일에는 시호처럼 귀여운 삐약이 컵케이크를 사 와서 간단히 초를 불었고 300일에는 '시시'라는 이름의 인형을 만들어 주었다. 시호는 시시에게 별 관심이 없었다. 그래도 괜찮다. 지금은 온전히 부모인 나를 위한 이벤트지만, 먼 미래에 엄마가 시호를 사랑했던 증거를 찾고 싶어질 때 가능한 한 많은 것들이 발견되기를 바라니까.

주 2회 마감의 폭풍 같은 사이클과 함께 초보 육아 시절은 빠르게 흘러갔다. 어느새 시호는

나를 "엄마"라고 소리 내어 부르고, 자신을 "시! 시!"라고 부른다. 양말을 혼자서 신어보려고 끙끙대다 실패하고 네발 동물이 종종 번쩍 일어서듯 혼자 두 발로 섰다가 주저앉기도 한다. 얇은 종이 같아 가위로 오려내야 하는 손톱이 제법 두꺼워질 때쯤이면 마지막 이벤트(겸 퀘스트), 돌잔치 던전이 시작될 것이다. 벌써부터 두근두근하다.

2012년 11월 28일 수요일 비 5℃

'쌀'은 그저 발음이 귀여워 지은 태명이지만 산후조리원 선생님들이 오곡 중 하나인 귀한 것이라는 좋은 의미를 붙여주셨다. 이름이 지어지는 순간 이 세계에 나만 방문할 수 있는 장소 하나가 새로 생기는 것만 같다. 아기가 생기기도 전에 만들어두고 수없이 들락거리며 이것저것 가져다 놓았던 작은 공간.
곧 다가오는 아기의 50일을 축하할 겸, 태명과의 이별도 기념할 겸 인형을 만들었다. 뒤통수에 붉은색 실로 쌀과 시호라는 이름 두 개를 나란히 수놓았다.

온갖 세상의 온갖 시호들

지하철역에서 거의 20킬로그램은 되어 보이는 남자아이를 안고 걷는 엄마를 보았다. 체구가 작은 분이었는데, 팔다리가 늘어진 채 잠들어 있는 아이를 영차 하고 들어 올려 아이 머리를 자기 어깨에 기대게 해주고 있었다. 에스컬레이터를 타려는 모자가 끼어들 수 있도록 양보했다. 고생이겠다 싶어 바라보는데 엄마가 잠든 아이의 볼에 자기 볼을 부벼댄다. 그녀에 비하면 이제야 몸을 뒤집을 줄 아는 아기를 가진 한참이나 초보 엄마인 주제에 내 얼굴은 끝도 없이 인자해졌다. 저렇게 커도 '내 아기'인 거구나. 그것은 내가 시호에게 하는 몸짓과 너무나 같았다. 아기에게 볼을 부빌 때마다 나를 무장해제시키는 행복감이 어떤 것인지 나도 안다.

아기와 생활하게 되면서 행복을 캐치하는 나의 뜰채가 더 커졌음을 느낀다. 잠자는 아기의 뜨끈한 정수리와 땀 냄새, 양 볼에 눌려 벌어진 부리처럼 뾰족한 입, 동그란 뺨의 곡선, 발바닥에 조르르 달라붙은 완두콩 오형제를 손가락으로 조심히 쓸어보는 감촉은 어떻고. 아기가 없던 예전과는 종류가 다른, 거의 정반대의 행복을 누리고 있다. 문명적 행복 대 원시적 행복.(아기 발등의 도톰함만으로도 행복해진다니 원시가 아니고 무어란 말인가. 게다가 문명인으로서의 행복이 급속도로 하락하고 있는 것은 사실이다.)

추위가 한창인데 아기 때문에 집 난방을 따뜻하게 해서인지, 1년 동안 잎이 새로 난 적 없는 멜라니 고무나무에 새 잎이 돋았다. 아침에 잎에 쌓인 먼지를 닦아주다가 발견하고는 깜짝 놀랐다.

부드럽고 여린 잎은 닦지 않아도 반질반질 빛이 났다. 새로 나온 것은 어쩜 이렇게 반짝거리고 예쁠까. 우리 시호 눈도 보고 있으면 이렇게 반짝반짝하지….

온갖 곳의 온갖 생명에게서 시호의 얼굴을 찾아내는 습관이 생겼다. 길에서 마주치는 다른 사람의 아기에게서, 남편이 부르는 자장가 속 철모르는 딸 클레멘타인에게서(이 노래만 들으면 운다), 그림책 속 털이 부숭한 아기 새며 길고양이의 얼굴에서도.

문득 시호의 눈빛이나 표정을 발견하면 슬퍼진다.

모든 게 다 낯설고 무섭지 아가야.

밤이 되면 잠든 시호 옆에 누워 걱정을 시작한다. 완두콩 오형제를 바라보며, 내가 아는 뉴스와 범죄 드라마를 되짚는다. 내가 잠든 동안 도둑이 창문을 열고 들어와 너를 데려가면 어쩌지.(창문 잠금 장치를 확인한다. 3층이지만.) 어린이집에서 소풍을 간 네가 길을 잃어 물에 빠지면 어쩌지.(아직 어린이집에 다니지 않지만.) 밤새 우리가 사고로 죽었는데 아무도 혼자 남은 너를 발견하지 못하면 어쩌지.(난 원래 전화를 잘 안 받으니 며칠 동안 연락이 안 돼도 동생과 엄마는 우리 집에 와보지 않을 테지. 내일부턴 전화를 잘 받아야겠다고 다짐한다.) 걱정은 하되 상상하지 않으려 단단히 무의식을 붙든다. 머릿속에 떠오른 상황들에 시호의 얼굴이 겹치지 않도록 이리저리 도망 다닌다.

가끔 남편이 없는 삶을 상상해보곤 한다. 남편이 나보다 먼저 죽는다면. 남편이 사라진 이후의 슬픔을 나는 원하는 만큼 충분히 그려볼 수 있다. 하지만 시호에 대해서는 언제나 도입부도 시작하지 못하고 화들짝 놀라 되돌아간다. 상상이 씨가 될까 재빨리 고개를 흔들어 떨쳐버리지만 가끔 멋대로 튀는 끔찍한 생각에 울기도 한다. 자식이 생긴다는 건 끝없는 걱정과 두려움의 저주 속에 갇히는 일이라는 걸 알았다.

얼마 전 시호에게 새 장난감을 보여주었다. 웃고 있는 별 기둥을 꾹 누르니 거북이, 돌고래, 문어, 꽃게가 빙글빙글 돌아갔다. 노랑, 주황, 보라… 버튼들이 멜로디에 맞춰 번쩍거리자 시호는 서러운 얼굴로 아빠 얼굴을 한 번 보고 엄마 얼굴을 한 번 보더니 입을 삐죽거리며 눈물을 터뜨렸다. 아기는 그런 일로도 운다. 세상의 소리들과 색깔들이 아기에겐 두렵다. 시호가 무서워할 때의 얼굴을 알게 된 나는 더더욱 세상이 두려워졌다. 내가 없는 곳에서 네가 그런 얼굴로 울고 있으면 엄마는 어떻게 하지.

시호가 태어나기 전, 낡은 전셋집을 여기저기 수선했다. 외풍이 심한 침실 창에는 문풍지를 붙이고, 긴 거울이 쓰러지지 않도록 무거운 것으로 고정시키고, 곰팡이가 난 벽에는 벽지를 덧댔다. 시호가 기어 다니기 시작하자 집 안의 모든 모서리에 푹신한 스티커를 붙이고 푹신한 매트를 깔았다. 놀이터를 좋아하게 되면서는 놀이터 바닥의 유리 조각을 주워 담는다. 세상이 아이에게 조금 더 호의적이었으면 좋겠다고 생각한다. 아이가 길을 잃고 물에 빠지는 일도, 유치원 버스에 혼자 남겨지는 일도, 아이 웃음소리에 '쉿' 하고 매섭게 노려보는 얼굴도 없었으면. 아기가 태어난 후 세상을 수선하는 일에 책임감을 느낀다.(이제야.)

산책을 하다 유모차에서 잠들어버린 시호가 너무 오래 자길래, 밤에 늦게 잠들 게 걱정되어 깨우기로 마음먹었다. 눈을 떴을 때 달라진 풍경에 놀라지 않도록 시호 얼굴에 내 얼굴을 가까이 붙이고 조용히 이름을 부른다. 엄마가 지금 이 순간 너를 얼마나 사랑하는지 아니. 네가 얼마나 예쁜지 아니. 그런 따위의 마음이 온전한 형태로 시호에게 이동할 수 있을 만큼 조용히 속삭인다. 태어난 날 간호사에게 안겨 나에게 왔던 때처럼, 잠에서 깨 어리둥절한 시호에게 내가 할 수 있는 가장 밝은 목소리로 인사를 한다.

마치 '괜찮아, 세상은 너를 환영해'라고 알려주려는 듯이.

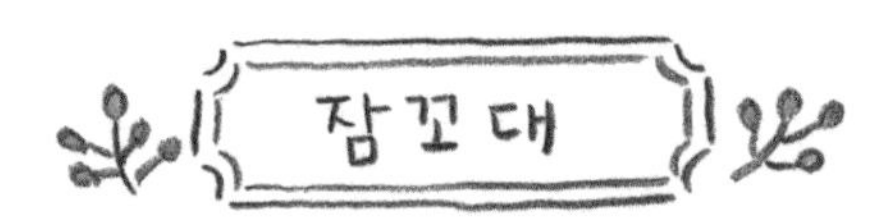
잠꼬대

시호도 잠꼬대를 한다.
빠

쯔자쯔자쯔자

시호가 할 수 있는 유일한 말들로.

우리는 소리 내어 웃었다

백일 때처럼 돌잔치도 집에서 치렀다. 결혼식 때 분에 넘치게 초대한 손님들 기분을 신경 쓰느라 안절부절못했던 기억을 떠올리며, 시호가 어떻게 자라는지 기꺼이 궁금해할 사람들만 함께 하자고 진작 결심했다. 양쪽 할머니와 할아버지 네 분, 고모와 외삼촌 한 명씩. 친구 한둘이 생각나기도 했지만 멀리 살아서 부를 수가 없었다.

돌잡이가 시작되고 여덟 명의 얼굴이 자신을 빙 둘러싸고는 눈가에 잔뜩 주름을 만들며 웃자, 시호가 낯설어 울음을 터뜨린다. 그걸 보고는 또 여덟 명이 소리 내어 웃는다. 시어머니가 말씀하셨다. 옛말에 금송아지 있는 집이 아니라 아기 있는 가난한 집에서 웃음소리가 난다고. 어른들은 5만 원권으로, 남편은 태블릿 펜으로 열심히 유도했지만 시호는 붓을 잡았다.

언젠가 시호가 가습기의 증기를 붙잡으려다 실패하는 모습을 동영상으로 찍어 페이스북에 올린 적이 있다. 고개 끄덕이는 법을 배운 지 얼마 안 된 시호가 내 부름에 어설프게 고개를 흔드는 모습과 "니예, 니예" 어설픈 응답에 나도, 소리 내 웃는 일이 거의 없는 남편도 못 참겠다는 듯 시원하게 웃음을 터뜨렸다. 또래 아기를 키우는 친구가 메시지를 보냈다.

"너네도 이렇게 웃는구나."

엄마는 나를 사랑했지만 화도 자주 냈다. 내 기억이 선명해질 즈음부터 종일 장사를 하느라 늘 피곤해했고 돈 걱정에 자주 예민해졌다. 새벽에 나간 엄마가 밤 11시쯤 현관문을 열면 집 안은 종종 살얼음판이 되었고, 엄마의 한숨 소리가 자는 척 누운 내 심장을 울리곤 했다. 그렇게 긴장하면서도 설거지 한 번 도와주지 않은 나도 참 지독한 딸이었지만. 사춘기를 지나면서는 엄마와의 싸움이 더 격렬해졌다. 못 할 말을 했고 못 들을 말을 들었다. 그래서 시호를 낳고 "너도 니 새끼 이쁘지? 엄마도 네가 너무 이뻐서 한번은 팔꿈치를 깨물었더니 앙 울더라"라는 말에 새로운 세계가 열리는 기분이었다. 영화 〈마담 프루스트의 비밀정원〉에서 차와 마들렌을 먹은 마르셀이 부모에 관한 왜곡된 기억들을 바로 잡은 것처럼 말이다. "지금은 안 이뻐?" 되물으니 "그땐 너무 이뻤고 지금은 좋지"라며 단호하게 대답하는 엄마. 왜 가장 좋았던 시절의 기억은 잊히고 나쁜 시절의 기억만 영원히 매듭지어지지 않은 채 마음에 남는 걸까. 나를 기르던 때의 이야기를 듣고 싶지만 무뚝뚝한 엄마는 자기 이야기를, 지나간 감정을 이야기하는 데 서툴다. 나 역시 살갑게 어릴 때 이야기 좀 들려달라고 더 묻지 못한다. 그렇게 내가 아기였던 시절에 받은 눈빛과 천 번의 뽀뽀는, 상속되지 못한 채 엄마 세대에서 영원히 소멸될 예정이다.

가족들이 모두 돌아가고 돌잔치 이틀 후 맞은 진짜 생일날은 셋이서 단출히 보냈다. 오전부터 은행에 가서 생일 날짜가 찍힌 어린이 뽀로로 통장을 만들었다. 150일 기념으로 만들었던 시호 첫 도장이 인감 칸에 꾹 찍혔다.

시호야, 너의 첫 생일에 온 세상 금융 전산망이 네 이름을 속삭였단다.

오후에는 작은 케이크에 초를 켰다. 입으로 바람을 만들어보려 애쓰는 시호를 보며 우리는 다시 소리 내어 웃었다. 스물하나에 나를 낳은 엄마. 내가 예뻐 팔꿈치를 물었다는 엄마. 내 결혼식 날 끝없이 울고 또 울었던 엄마. 엄마도 나를 기르며 이렇게 웃었을까.

그랬다면 조금 덜 미안할 것 같다.

네가

모르는

시간

그래비티

개를 기르는 사람들이 종종 하는 이야기가 있다. 개가 아프거나 죽는 영화를 보기가 힘들다고. 보게 되면 반드시 눈물 콧물을 줄줄 흘리며 울게 되는데, 관객의 눈물을 뽑으려고 만든 허술하기 짝이 없는 신파 스토리라는 걸 알면서도 그냥 속수무책으로 당하고 만다는 거다.(고양이를 기르는 사람에게 그런 말을 들은 기억이 없는 건 아마도 고양이가 등장하는 신파 영화가 드물기 때문이 아닐까.) 나는 아이를 기르게 된 후에야 그 심정을 이해하게 되었다. 영화 〈그래비티〉에서 라이언 스톤 박사로 분한 산드라 블록이 "I had a daughter"라는 대사를 뱉는 순간이었다.

그 'had'라는 과거분사에 심장이 쿵 하고 떨어지면서, 이후의 모든 스펙터클하고 블록버스터한 스토리는 '아이 잃은 엄마의 인생 2막'이 되고 말았다. 이 경이로운 걸작 SF 영화가 나에게 와, 돌쟁이 엄마를 위한 육아 영화가 되고 말다니 영화에게 조금 미안한 마음이지만, 이 영화가 나의 힘든 육아 생활에 미친 긍정적 효과는 강력했다.

당시 나는 딸아이의 잠투정이 점점 심해져 스트레스를 받고 있었다. 운이 좋으면 한 시간 안에 잠이 들었지만 두 시간, 세 시간도 예사였다. 매일 밤 아이를 안고 자장가를 부르며 좁은 방 안을 뱅글뱅글 돌았다. 때로는 아이에게 "엄마 자장가 백번 불렀다…"라고 낮게 읊조리며 폭발 직전의 기운을 뿜어내기도 했다.

하지만 그런 고통의 밤잠 재우기 시간이 〈그래비티〉를 본 뒤로는 고맙고 아까운 시간이 되었다. 지구로 귀환할 의지를 잃은 채 죽음을 기다리며 소유즈호 안에서 잠들어 있던 스톤 박사는 지구의 누군가와 우연히 교신하게 된다. 중국어인지 고대어인지 한마디도 제대로 알아들을 수 없는 지경의 정신없는 교신 중에 그녀가 단번에 알아들은 소리는 아기 소리, 개 짖는 소리, 그리고 자장가였다. 고요한 우주 한가운데서 북극의 이누이트족 아빠가 아기에게 불러주는 자장가를 들으며 "나도 불러줬어요. 나도 딸에게 매일 자장가를 불러줬어요!"라며 기쁜 듯 울먹이는 그녀의 얼굴을, 지구의 작은 극장에서 눈물 콧물이 범벅이 된 채 지켜보았다. 개를 기르는 사람이, 아이를 기르는 사람이 가장 두려워하는 것은 아마도 잃는 일이겠지.

"딸이 하나 있었죠. 갈색 머리를 가진 딸이요. 내가 포기하지 않더라고 말해줘요.(I had a daughter. A little girl with brown hair. Tell her that I'm not quitting.)"

나는 영화 속 스톤 박사에게 빙의해 '갈색 머리를 가진 딸아이를 잃은 여자의 심정'을 확보하게 되었다. 덕분에 밤마다 아이를 안고 뱅글뱅글 도는 이 시간이 얼마나 아름다운 것인지, 또 얼마나 돌이킬 수 없는 것인지, 마치 우주에서 내려다보는 것처럼 곧 사라지게 될 이 시간을 미리 그리워하게 되었다. 밤잠 재우는 심정을 '자장가 백번 불렀다'에서 '백번이라도 불러줄게'로 바꾸게 해준 육아 영화 〈그래비티〉에게 감사하다.

비록 얼마 지나지 않아 스멀스멀 고개를 드는, 밤잠 재우는 게 죽을 것같이 힘든 나를 다잡느라 종종 힘들기도 했지만. 나의 육아는 〈그래비티〉 이전과 이후로 나누어진다고 해도 과언이 아니다.

세상을 처음 보는 존재와 함께 산책하는 일

시호가 걸음마를 떼면서 겨울이 시작되는 바람에 태어나 처음 스스로 밟는 땅이 대형 쇼핑센터의 바닥이 되어버렸다. 좀비처럼 온몸을 이용해 걷던 기술이 막 세련돼지려던 와중이었다. 아기띠를 풀고 시호를 바닥에 내려놓자 시호의 몸을 통해 나에게도 바닥의 충격이 전해진다. 시호는 잠시 뮤트 상태가 되었다가 나를 한 번 쳐다보지도 않고 곧장 전진한다. 바깥세상을 배경으로 걷는 아이를 보고 있으니 감격스러우면서도 믿기지가 않는다. 본인도 신기한지 발을 떼는 움직임에 긴장과 설렘이 보인다. 발을 높이높이 들었다가 바닥에 탁탁 디뎌가며 발바닥이 땅에 부딪치는 감각을 즐기는 것 같았다. 역시 안 되겠다는 듯 나에게 안기길 바랐는데 시호는 끝없이 앞으로 앞으로 걸어갔다.

3월이 되자 드디어 햇볕을 쬐면서 나란히 걸을 수 있게 되었다. 산책 시대를 맞은 것처럼 매일같이 하루에 두세 번씩도 밖에 나갔다. 단지 산책만을 위해 나가기도 하고 경비실에 있는 택배를 찾거나 간단한 식료품을 사기 위해(역시 목적이 있는 편이 더 신난다) 이유를 만들어 나가기도 한다.

세상을 처음 보는 존재와 함께 산책하는 일은 너무나 즐겁다. 길에 떨어진 낙엽부터 솔방울, 자동차 보닛의 먼지, 벽돌 사이로 튀어나온 시멘트 자국이며 주차장에 그어진 선(시호는 꼭 바닥에 그려진 소방용이라는 글자의 '용'에 올라서서는 한참을 서 있곤 한다), 보도블록 틈에 낀 비비탄까지, 모든 것에 놀라워하고 모든 것에 즐거워한다. 산책할 때만큼은 울 때를 대비해 장난감이나 과자를 준비하지 않아도 될 정도다.

가끔은 보기에 예쁘다고 생각되는 모양의 나뭇잎이나 돌멩이를 골라 시호의 얼굴을 살피며 보여준다. 흥분하며 손을 뻗는 아이를 볼 때마다 나는 마치 그 모든 피조물을 창조해낸 게 나인 것처럼 의기양양해진다. 시호는 금세 줍는 재미를 알게 되었다. 한번은 아파트 주차장에서 도토리를 주워 와서는 입에 넣고 안 뱉으려고 해서 곤란했는데 과자를 주겠다고 유혹해서 겨우 받아냈다. 이 자국이 난 도토리는 '시호 산책 전리품'이라고 이름표를 붙인 유리병 안에 담아두었다.

산책할 때 가장 방해가 되는 건 바람이다. 영하의 날씨라도 바람만 불지 않으면 괜찮다. 바람이 불어오면 시호는 얼굴을 어떻게 해야 할지 몰라 하며 눈을 꽉 감았다가 입을 하마처럼 크게 벌렸다가 또는 인중을 늘였다가 얼음처럼 가만히 서서 "하아아—" 하고 신음소리를 낸다. 그럴 때는 눈을 최대한 작게 만들고 얼굴을 돌리거나 거북이처럼 집어넣으면 되는데, 아직 시호에게는 너무 어려운 어른의 기술인 데다 설명하기도 까다롭다. 억지로 안아 올릴 때마다 짜증 내는 시호에게 "바람이야" "바람이 불어서 그래"라고 얘기했더니 금세 바람이라는 개념을 깨우쳐서는 이젠 먼저 나에게 안아달라고 달려든다.

산책이 익숙해지자 시호와 외출할 수 있는 옵션이 점점 늘어났다. 내 두 손과 눈이 오직 시호를 쫓아야 했던 첫 단계에서 가끔은 카메라를 꺼내 사진도 찍을 수 있을 정도로 발전했다가 최근에는 작은 택배 상자나 과일 봉지를 드는 일도 가능해졌다.

며칠 전에는 조금 망설이다 시호를 데리고 재활용 쓰레기를 버리는 일에 도전했다. 쓰레기 부피 때문에 두 손을 다 시호에게 쓸 수 없고, 혹시나 넘어질 때도 순발력이 부족해지는 미션이라 평소에는 시터 선생님이 있는 동안 혼자 버리러 갔다 오지만, 그날은 일이 너무 바빠 나가질 못했다.(우리 아파트는 재활용 쓰레기를 일주일에 한 번만 배출할 수 있어서 때를 놓치면 2주치

쓰레기를 집에 보관하고 있어야 한다.)

쓰레기 상자를 바닥에 놓았다 들었다 하며 조금씩 이동하는 방법으로 엘리베이터 입구와 출입문 같은 곳은 주의해서 걸었는데 생각보다 순조로웠다. 두 계절에 걸쳐 내내 걸어 다닌 길이라 시호도 땅의 높낮이에 익숙해져 있었다. 물론 몇 번이나 3층 우리 집까지 올라갔다 내려와야 했고 시간도 오래 걸렸지만…. 오래 걸려서 더 즐거웠다.(아이와 지내면 시간을 때울 수 있는 모든 일이 고맙다.) 마지막 남은 종이류 박스를 옮기며, 시호를 안전한 현관 앞에 잠시 세워두고 먼저 달려가 박스를 바닥에 내려놓은 다음 뒤돌아 시호를 확인했다. 내 몸이 시호에게서 3미터 이상 떨어진 건 처음이었다. 작아지고 색이 연해진 시호가 나를 관찰하며 서 있었다. 어쩐지 그대로 사라져버릴 것만 같아서 냉큼 뛰어가 안았다.

2014년 5월 8일 목요일 비와 안개 20.5°C

아침에 눈을 뜨면 시호는 잠깐의 망설임도 없이, 세상을 모조리 다 흡수할 기세로 거실로 달려 나간다. 시호는 매일매일 기대에 차 있다. 엄지발가락과 발바닥이 단단해지기 시작했다. 가능한 한 많이, 남은 보들보들한 발을 즐겨야 한다.

첫 장화

기다리던 장마가 시작되었다. 마침 시호도 꽤 능숙하게 걸어 다니게 되어, 기쁜 마음으로 아이의 첫 장화를 골랐다. 지금껏 수많은 아이 물건을 구입해왔지만 이번처럼 설렌 적은 없었던 것 같다. 배냇저고리를 마련할 때도 이렇게 들뜨지 않았는데. 빨강, 노랑, 파랑… 곰돌이, 악어, 토끼… 아이들 물건은 어쩌면 이렇게 까무러치게 귀여운 걸까. 인터넷 쇼핑몰의 '유아 장화' 연관 상품 링크를 따라다니며, 개구리 모양 손잡이가 달린 우산이며 갖가지 무늬의 우비를 구경하느라 시간 가는 줄 몰랐다.

나는 비 오는 날과 관련된 물건을 크리스마스트리만큼 특별하게 생각한다. 우비와 우산, 장화를 얼마나 좋아하는지에 대해 만화로 그리기까지 했다. 비 오는 날의 풍경이 등장하는 그림책을 특별히 아끼고, 일기에 날씨를 적을 때 우산을 그려 넣게 되면 기쁘다. 행사 공문에 "우천 시 ○○합니다"라는 문구가 인쇄된 걸 보면 괜히 스릴이 느껴지고 기분이 좋아지는데 이건 내가 좀 이상하다는 생각이 들기는 한다. 그렇다고 행사 당일에 날씨가 좋다고 딱히 실망하는 건 아니지만.

아마도 어릴 때 내 장화를 가진 적이 없어서 이렇게 집착하는 게 아닐까 싶다. 부모님이 사주지 않았는지, 사준 첫날 학원 신발장에 벗어두었다가 잃어버렸는지 기억이 희미하지만, 비 오는 날 장화를 신고 물웅덩이 위도 개의치 않고 걸어가는 아이들을 현관 계단에 앉아 부러워하던 아홉 살의 기분만은 23년이 지나도록 잊지 않고 있다. 그래서 시호의 첫 장화만큼은 얼마가 됐든 구할 수 있는 것 중 제일 귀여운 걸 사주자고 생각했다. 시호가 걷기도 전부터 숱한 유아 장화를 눈팅하고 직접 매장에 가서 들었다 놓았다 하며 이거다 싶은 것을 틈틈이 찾아보았다. 그리고 얼마 전, 드디어 한 아동복 브랜드의 유아 장화가 최종 후보에 올랐고 이제 발등에 곰돌이가 그려진 것과 토끼가 그려진 것, 딱 맞는 것과 한 치수 큰 것 사이에서 최종 조율만이 남았다. 완벽한 첫 장화를 향한 나의 신중함은 신전에 올릴 고기를 다듬는 제사장의 마음에 못지않다. 최종적으로 토끼가 낙점되었다.

이틀 후 도착한 장화를 보고 마음이 벅차올랐다. 사진과 똑같은데도 손바닥 위에 올려서 직접 보는 것과는 느낌이 달랐다. 벽돌색에 가까운 짙은 다홍색에 동글동글한 앞코부터 발등까지 쭉 토끼가 그려져 있는, 꼭 요정들의 신발장에 있을 것만 같은 장화였다. 시호 발에 신겨주고 아파트 현관 앞 마른 땅을 살짝 걷게 한 뒤 신발장에 고이 넣어두고 비가 내리는 날을 참을성 있게 기다렸다. 완벽한 때를 기다리는 제사장의 마음으로.

"비 오다!!(비 온다!!)"

우리 집에서 제일 먼저 눈을 뜨기 때문에 '가장 먼저 날씨를 발견하는 자'라는 인디언식 이름을 가진(내가 붙여줬다) 시호가 비 소식을 알렸다. 마침내 그날이 온 것이다. 노란색 우의를 입고, 양말을 두 겹이나 신겼지만 벗겨질 듯 덜거덕거리는 장화를 신은 시호가 총총히 빗속으로 걸어간다. 물웅덩이 위를 첨벙첨벙하는 엄마의 시범을 호기심 어린 눈으로 보던 시호가 조심스레 발을 넣는다. 그러고는 이내 두려움 없이 첨벙첨벙 두 발을 굴린다. 두려움 없이… 아홉 살의 내가 원했던 것이다. 양말이 젖을까 두려워하지 않고 빗길을 걷는 것.

웅덩이에 고인 물을 모두 바깥으로 튀겨낸 시호는 다른 웅덩이를 찾아 다녔다. 아파트 단지의 웅덩이란 웅덩이가 모두 정복당했다. 장화 속 내 발의 뽀송함을 만끽하며, 어젯밤 마감까지 끝낸 나는 아무런 두려운 마음 없이 시호와 빗속을 걸었다. 그 순간의 모든 게 좋았다.

덴데무아의 비밀

아기가 말을 시작하면 흔히 어른은 알아들을 수 없는 자기만의 단어로 물건을 부르곤 한다던데, 우리 집 꼬마(한 살 반)는 발음은 어설프더라도 논리를 벗어난 말은 하지 않아서 조금 섭섭하다. 다른 아기들이 곰 인형을 '푸푸'나 '부아바' 같은 밑도 끝도 없는 독창적인 단어로 부른다면 시호는 '고옴므'라는 식으로 언제나 모티프가 확실히 존재하는 단어를 쓰는 것이다. 세상 누구도 뜻을 짐작하지 못할, 우리 셋만 알 수 있는 추억의 미스터리 워드가 몇 개쯤 있다면 새로 블로그를 개설할 때 닉네임으로 쓰거나 비밀번호 찾을 때 "자신만 알고 있는 어릴 적 별명이 있습니까?"의 질문에 넣을 답으로 딱 좋을 텐데. 고옴므도 나쁘지는 않지만 판타지가 부족하다.

그러던 어느 날이었다. 점심을 먹이는데 별안간 시호가 "닌니"라며 손가락으로 뭔가를 가리키는 것이다. "닌니? 닌니가 뭐야?" 반찬과 식탁 구석에 밀쳐둔 잡동사니를 하나씩 들어서 "이거?" "이거?" 하고 일일이 확인해서 알아낸 결과 '닌니'는 김이었다. 김이라는 단어 어디에서 닌니를 떠올린 것일까. 원하던 대로 제대로 밑도 끝도 없다! 그날 밤 일기에 닌니에 얽힌 에피소드를 꼼꼼히 적어두고 마음속에 닌니를 소중히 간직해두었다. 여덟 자가 되지 않아 비밀번호로 쓸 수는 없지만 소중하다.

그렇게 한동안 우리 집에서 김은 닌니였다. 한번은 시호에게 내 이름을 알려주며 "따라 해봐, 엄마 이름은 김민설~" 하고 선창을 하니 어설픈 발음으로 "김민허!"라고 따라 외쳤다. 두세 번 연습시키고는 다시 물었다.

"엄마 이름이 뭐야?"

"닌니."

그래, 너에게 '김'은 닌니지. 시호만의 언어 로직이 귀여워서 한참을 웃었다. 이런 식이면 『반지의 제왕』의 작가 톨킨이 엘프어를 만들듯 시호만의 새로운 언어 체계도 만들어낼 수 있을 것만 같다. 가끔 집에 찾아온 손님에게 '힌드힌드'나 '곰다' 같은 시호의 말을 통역해주다 보면 정말로 엘프어를 할 줄 아는 아라곤이 된 기분이 쬐끔 들기는 하지만. 힌드힌드는 '흔들흔들',

곰다는 '고맙습니다'다.

닌니의 시대가 끝나고는 덴데무아의 시대가 왔다. 시호와 역할 놀이를 하는데 뽀(뽀로로)랑 크롱이랑 싸웠다는 이야기를 하길래 왜 싸웠냐고 물으니 "덴데무아라서 싸웠허"라고 대답한 것이 시작이었다.

"덴데무아? 덴데무아가 뭐야?"

물어도 대답이 없다.

그 후 식사를 하다가 "맛이 어때?"라고 물으면 "덴데무아야"라고 답하거나 잠들기 전 "덴데무아가 으앙 울었허"라고 말하는 일이 잦아지자 남편과 나는 머리를 맞대고 시호의 하루 일과와 관심사를 추적했다. 하지만 덴데무아는 "덴데무아해"나 "덴데무아가 그랬어" 등으로 조금도 일관성 없이 쓰이곤 해, 상상 속 친구의 이름인지 감정을 표현하는 말인지 도통 짐작하기 어려웠다. 시호의 말이라면 해석하는 데 도가 튼 우리 부부는 찜찜함의 혼란에 빠졌다. 언제 내뱉을지, 무엇을 의미하는지 모르는 단어. 어디에든 끼워 붙이는 단어. 혹시나 해서 구글에까지 덴데무아를 검색해본 우리는(당연히 결과가 있을 리가) 덴데무아란 시호에게 충청 지역의 '거시기' 같은 존재가 아닐까 하는 어렴풋한 짐작만을 남긴 채 알아내기를 중단했다. 그리고 영원히(적어도 지금 이 글을 쓰고 있는 네 살까지) 그 의미는 모른다. 아무도 의미를 모르는 단어, 그야말로 엘프어 사전에나 있을 법한 단어가 아닐까. 새로 블로그를 개설하면 제목은 '덴데무아의 비밀'로 해야지.

2014년 5월 14일 수요일 흐림 19.6℃

열경련 이후 이틀째.
경련을 하던 시호의 얼굴을 반복해서 떠올린다.
검은자위가 돌아간 눈과 파래진 입술, 축 늘어진 몸... 시호 없는 세상을 3분 동안 겪었다. 응급실에 앉아 알아보니 아이가 경련을 할 때는 이름을 크게 불러 놀라게 하면 안 된다고 한다. 우리는 미친듯이 시호를 불렀다. 멈추면 그대로 시호를 놓칠 것만 같았다. 또 다시 그런 상황이 되어도 시호를 부르지 않을 자신이 없다.

어부바

시호는 매일 오후 2시에 낮잠을 잔다. 밤에는 나와 같이 누워 굴러다니다 잠드는데, 낮잠만은 포대기로 업어줘야 잘 수 있다. 이제는 포대기를 들면 재운다는 것을 알아채서 젤리곰 두 개로 유혹해야 겨우 업히지만. 업힌 채 한참을 꼼지락거리다 이내 조용해져서는 내 등에 대고 이리저리 고개를 가다듬으며 편한 자세를 찾는다. 나도 불러주던 자장가 소리를 낮춘다. 드디어 잠에 빠져드는 순간, 내 등에 툭 떨어지는 머리의 무게감을 사랑한다. 아기는 잠이 들면 머리가 뜨끈뜨끈해진다. 그 뜨끈뜨끈함도 사랑한다. 그래서 종종 잠든 걸 확인하고도 이불로 옮기지 않고 한동안 그대로 집 안을 돌아다닌다.

우리 집 전자레인지는 까만색이라 앞에 서면 거울처럼 얼굴이 비친다. 전자레인지까지 걸어가서는 등 뒤에서 자고 있는 시호 얼굴을 한참 동안 비춰 본다. 그러고는 방으로 들어가 조심히 눕힌 후 시호 손에서 굴러떨어진 젤리곰을 냠냠 주워 먹으며 방문을 닫고 나온다.(두 개를 주면 한 개는 아껴 먹느라 손에 꼭 쥐고 있다 잠들어버린다.) 이것이 한 살 반 시호의 낮잠 재우기 시스템. 시호가 점점 무거워지고 있지만 업을 수 있을 때까지 가능한 한 이 방식을 유지할 생각이다.

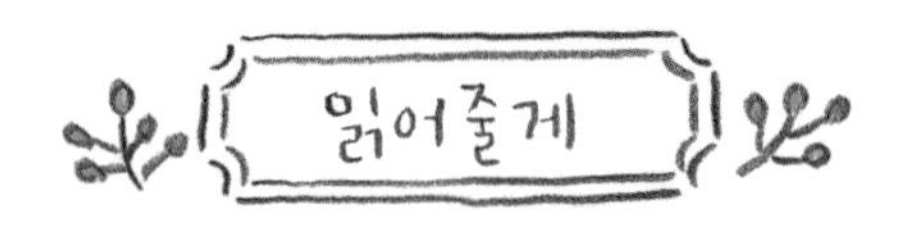
읽어줄게

뽀로로 그림책 속의 뽀로로 친구들에게
그림 책 읽어주는 中.
내가 책 읽어줄게~

두이서 두이서~
둘이서둘이서

fin

미칠 듯한 사랑과 밤의 우울과 맥주

"난다 님, 우울해 보여요. 무슨 일 있어요?"

사실 표정이 어두웠던 건 좋아하는 작가를 개인적으로 처음 만나는 자리라 긴장해서였지만, 그 말을 듣는 순간 나는 마법의 주문에라도 걸린 양 남편에게만 말해온 긴 고민을 털어놓고 말았다.

"네, 좀 우울해요. 그게…."

아기에게 푹 빠져버렸다. 기저귀를 갈아주다가 눈이라도 마주치면 가슴이 막 쿵쾅대고 설렌다. 거의 연애 감정 그 자체. 그것도 백일 전후의 불타는 사랑. 단지 그 상대가 이제 막 걸음마를 시작한 내 딸아이일 뿐. 나는 거의 첫 남자친구에게 푹 빠진 사춘기 소녀처럼 웃고 다녔다. 시호의 눈빛과 손짓, 몸짓을 향해 온몸의 레이더가 곤두서 있었고 온종일 시호의 곁에서 시호를 미칠 듯이 궁금해했다. 연애라면 나를 너무나 휘두르는, 좀 곤란한 연애였다. 이렇게 예쁜 아가가 내 아가라니, 이런 행복이 존재한다니.

하지만 밤에는 좀 달랐다.

낮 동안 빛 속을 걷는 기분을 느끼다가 시호를 재우고 혼자가 되면 나는 뭘 해야 할지를 몰랐다. 뭘 하고 싶지도 않았다. 매일 밤 시호가 내 알맹이를 가져가 꼭 쥔 채 잠드는 것 같았다. 조용히 방문을 닫고 나와서 한참을 거실에 멍하니 서 있다가 빈껍데기에 맥주를 부었다. 낮의 행복은 거짓이 아니다. 그런데 지금 이 기분은 도대체 뭘까. 우울감 자체보다 그 모순을 견디기가 힘들었다. 낮의 행복을 다 거짓말로 만들어버리는 것 같아서. 남편과도 여러 번 대화했지만 이렇다 할 결론을 내지 못했다. 증상은 꽤 오래 지속되었고, 나는 우울의 정체를 파악하는 걸 포기하고 그냥 잠들어버렸다. 시호를 일부러 늦게 재우거나 나쁜 기분을 잊기 위해 술을 마시는 밤이 늘어났다. 바쁘지 않아서 그런 걸지도 모른다고 생각했다. 연재가 시작되고 마감이 들이치면 활기를 찾을 수 있겠지. 하지만 일이 시작되어도 우울감은 나아지지 않았다.

내 몸과 마음을 전부 시호에게 사용했다. 극장도, 미술관도, 그림도, 소소한 일상 따위에도 흥미가 사라졌다. 일하는 시간에도 내내 시호를 생각하거나 육아와 관련된 정보를 찾는 일이 잦아졌다. 시호와 있을 때는 누구에게도 방해받고 싶지 않아 휴대전화를 꺼두었다. 나는 '시호 엄마'라는 새로운 내 역할에 흠뻑 빠져 있었다. 밤의 우울한 기분은 어느새 생활의 일부가 되었다.

그런 와중에 충동적으로 ㅇ 작가에게 만나고 싶다는 연락을 했다. 아이를 기르는 다른 창작자의 이야기를 듣고 싶었다. 아이에 대한 감정을 숨기지 않으면서도 자신의 정체성을 또렷이 드러내는 그녀의 글과 태도를 좋아했다. 만나서 이야기를 나누면 조금이라도 실마리를 얻을 수 있을 것 같았다. 평소 SNS로 짧은 인사를 나누어온 덕인지 그녀는 흔쾌히 내 요청을 받아주었다.

내 이야기를 들은 그녀는 곧바로 정신과 상담을 추천했다. 그리고 너무 많은 육아 블로그와 육아 서적 읽는 일을 그만두라고 충고했다. 정신과 상담은 내키지 않았지만 육아에 쏟아붓는 에너지를 줄여야 한다는 의견에는 동의했다. 아이가 혼자 잘 놀고 있을 때조차 내가 끼어들어 같이 놀아주려는 것을 그녀는 '방해'라고 했다. 텔레비전 없이는 아이를 키울 수 없었을 거라는 그녀의 말에는 해방감을 느꼈다. 그동안 나는 과도하게 좋은 엄마로서의 텐션이 올라가 있었다. 시호와 지내는 하루 열 시간 이상을 잠시도 다른 생각을 않고 시호에게 쏟아부었다. 하루에 몇 가지씩 새로운 방법으로 놀아주고 안아주었고, 딴생각을 하면 배신이라도 한 것처럼 미안해졌다. 마치 새 일기장을 쓰듯 한 페이지도 망치고 싶지 않아 전전긍긍했다. 아이의 유년 시절에 한 차례의 상처도 남기지 않겠다는 듯이 나를 단속했다. 몸과 마음이 녹초가 되었으면서도 그 모든 게 너무나 행복했고 멈추고 싶지 않았다. 도리어 가속이 붙은 듯 더 더 더 많은 것을 주고 싶어졌다.

하지만 밤의 나는 다른 말을 하고 있었다. 내가 아이를 키우는 일에 내 능력보다 너무 많은 에너지와 관심을 쏟고 있는 것은 아닌지, 언제나 밝게 상기된 얼굴로 시호를 즐겁게 해주는 엄마로서의 내 몸짓이 아이를 재운 후 일제히 'turn off' 되면서 밀려드는 그 이상한 공허감이 자연스러운 것인지 의문이 들었다. 시호가 잠든 후에만 나에게 신호를 보내는 존재가 무엇인지 확인해야 한다고 생각했다.

○ 작가의 충고대로 육아를 하지 않는 시간에 육아를 공부하거나 아이 장난감을 살피는 등 혼자 있는 시간을 육아의 연장으로 만드는 일을 그만두었다. 부지런한 엄마들의 블로그를 보며 자학하거나 '좋은 엄마'의 기준을 높이는 일이 줄어드니, 내 방식대로의 육아에 확신을

가지게 되었다. 아이가 어떤 기질인지 파악하는 것만 중요하게 여겼는데, 어떤 육아가 내 기질에 맞는지 파악하는 것도 중요했다. 여전히 시호를 즐겁게 해주기 위해 애쓰는 나날이지만 시호와 노는 동안 다른 생각은 하지 말자던 비장한 마음을 무너뜨리고 잠깐씩 일 고민도 하고, 시호가 텔레비전을 볼 때는 나도 휴식을 취한다.(전에는 텔레비전을 보는 시간에도 왠지 혼자 두는 것 같아 미안해져 옆에서 말을 걸었다.) 시호를 완벽하게 빈틈없이 귀여워하려던, '세상에서 널 제일 사랑하는 엄마'임을 증명하려던 마음이 느슨해지면서 놀랍게도 밤의 우울감이 잦아들었다. 밤에 나에게 보내던 신호의 정체는 이제 그만 진정하라는 경고였는지도 모른다.

우리의 낮 풍경은 조금씩 달라졌다. 시호와 몸을 부비고 장난을 치다가도 각자 거실에 늘어져 굴러다니기도 한다. 아이의 요구를 빠르게 좇을 때도 있고, 딴생각을 하다 놓칠 때도 있다. 시호를 사랑하지만 시호를 생각하지 않을 때도 있다는 사실에 더 이상 모순을 느끼지 않는다. 아이가 말을 시작하고 나에게서 조금씩 분리되어가는 것을 느끼며, 더 빠른 속도로 모든 게 자연스러워졌다.

행복하면 너무 행복했고 힘들면 너무 힘들었던 초보 엄마 시절의 굴곡이 점점 부드러워졌다.

그리고 드디어, 밤에 아이가 빠져나간 빈자리를 다른 종류의 알맹이로 채우는 일에 즐거움을 느끼게 되었다. 맥주와 야식 배달, 영화로 말이다.

선물

요즘 시호의 흥미는
찰칵

도우미 아주머니

fin.

택시 운전사 가라사대

내릴 때가 되어서야 가방 안에 지갑이 없다는 걸 알았다. 짐작 가는 일이 있어 남편에게 전화를 거니 역시나 놀이 매트 밑에 있단다. 외출용 가방을 다 꾸린 다음 잠깐 화장실에 다녀올 동안 시호가 내 가방을 뒤지지 않도록 남편에게 봐달라고 했는데, 어느 틈에 지갑을 꺼내 숨긴 것이었다. 그렇지 않아도 탈 때부터 별 이유도 없이 툭툭거리던 택시 기사님 때문에 잔뜩 긴장하고 있었는데 눈앞이 캄캄해졌다. 네 탓이니 내 탓이니 남편과 다투다 전화는 끊기고, 기사님에게 잠시만 정차해 있으면 친구가 기다리고 있는 건너편 백화점에 가서 카드를 빌려 오겠다고 조심스레 말씀드리니 역시나 벌컥 짜증이다. 이 복잡한 데서 어떻게 차를 세우고 있느냐고. 친구도 아기를 안고 있어 내가 있는 곳까지 올 수가 없다고 사정하고 짐을 챙겨서 내리려고 하니 가방은 두고 가란다. 당신을 어떻게 믿느냐고. 그럴 수 있겠다 싶어 가방을 두고 헐레벌떡 시호를 안고 할 수 있는 가장 빠른 걸음으로 명동 신세계백화점으로 향했다. 정문에 있겠다던 민영이는 아무리 찾아 헤매도 보이질 않고, 기사님의 재촉에 정신이 없어 휴대전화도 가방 안에 두고 와버렸다. 백화점 1층 화장품 코너를 열 바퀴쯤 돈 후 결국 다시 택시로 돌아와서는 아까 출발한 집으로 돌아가 달라고 했다.

민영이에게 전화하니 오랜만에 명동에 나와서 신세계백화점 구관과 신관을 착각했다고 했다. 내 품에 안긴 시호는 왜 리아를 만나러 가지 않고 다시 집에 돌아가느냐며 울어대고, 너 고생해서 어떡하냐며 이따 우리 집으로 오겠다며 미안해하는 민영이 목소리에 나까지 눈물이 쏟아졌다.

"아니야, 네 잘못 아니야. 그냥 다 너무 속상해서 미치겠어…."

울고 있는 내게 기사님이 묻는다.

"어뜨케… 동작대교로 가실까요, 아니면 한강대교가 좋을까요?"

눈에 띄게 정중해진 목소리에 어이가 없어 피식 웃음이 나왔다.

어디로 가야 하죠, 아저씨. 우는 엄마는 처음인가요. 생각해보니 너무했죠?

칭얼대는 시호를 진정시킨 뒤 남편에게도 미안하다고 문자를 보냈다. 80분간의 서울

드라이브였다고 생각해야지. 택시 기사님은 집 앞에 내릴 때까지 불평 한마디 하지 않은 채 친절히 잘 가라고 인사까지 해주었다.

아이를 키우며 소아과 의사보다도 많이 만나게 된 존재가 택시 운전사인 것 같다. 차가 없는 우리는 택시를 자가용처럼 이용한다. 아이가 태어나면 차가 필요할 것 같아 남편은 급히 면허를 따고 장롱 면허인 나는 부랴부랴 면허증을 갱신했지만 어영부영하다 차를 고르지 못했더니 결국 점점 차를 살 용기를 내지 못하게 되었다. 예전의 나에게 택시란 '오늘만은 사치를 해야겠다' 하면 타는 것이었는데 언제부턴가 '자동차 유지비가 안 나가니까 이 정도는 괜찮지'라고 생각하다가 아이가 태어나고부터는 아무렇지도 않게 당연히 택시를 탄다.

양손에 짐이 가득한데 비까지 내리는 날 아이를 데리고 서 있는 나를 못 본 척 몇 미터 앞으로 가서 슬그머니 택시를 낚아채는 사람들, 기저귀 가방 넣고 접이식 유모차 넣고 마지막으로 아이를 안고 조심조심 힘겹게 착석했는데 "어이쿠 교대 시간이라서요"라며 내리라고 침묵하는 기사님들, 안전벨트 버클이 의자 밑으로 숨어서 아이를 안고 진땀을 뺄 때나 행동이 수상한 기사님을 만나 식은땀을 흘릴 때는 아무래도 차를 사야겠다는 생각이 들긴 한다. 그러나 내 차를 소유한 느낌이 어떤 건지 모르는 나로서는, 필요할 때 착 잡아타고 주차 걱정

없이 목적지에 내려서 훌훌 떠나면 그만인 택시의 편리함이 압도적으로 와닿는다.(어디까지나 도로에 인접한 우리 동네 기준이다.)

다행히 카카오택시 서비스가 생긴 이후로 택시를 이용하며 기분 나쁜 경험을 하거나 길에서 택시 잡느라 고생하는 일이 줄었다. 칼바람이 몰아치는 시내 한복판, 볼이 시뻘게진 아이와 내 앞에서 모르는 척 손을 흔드는 새치기족을 유유히 지나쳐, '예약'이라는 전광판을 띄우고 오직 우리만을 위해 미끄러져 오는 택시는 거의 구세주 같다. 차 안의 따뜻한 공기에 몸을 녹일 때마다 이 세상에 택시가 있어서 정말로 감사하다는 생각을 한다. 그런 이유로 나의 새 면허증은 5년째 관악경찰서 교통과 서랍 속에 처박혀 있다.

나는 택시 기사님들의 수다도 그다지 싫어하지 않는다. 아버지의 훈계에 시달리며 자라온 남편은 아저씨들 잔소리라면 질색을 하지만 난 별 거부감 없이 듣는다. 핸들을 쥔 자의 기분을 살펴야 한다는 약자 특유의 싹싹함이 택시만 타면 발현되어서이기도 하지만, 집에서만 일하는 내게 다른 세대 다른 성별의 사람과 나누는 일상적인 대화가 활기를 주기도 한다. 남을 욕하거나 비하하는 사람만 아니라면 컨디션이 허락하는 한 제법 맞장구를 잘 쳐드린다. 평소에는 답답할 정도로 시큰둥한 내가 가끔 딴사람처럼 흥에 겨워 기사님과 대화를 주고받는 걸 보면 남편은 황당해하며 한참 놀리고 비웃는데, 스스로는 이 증상을 '발작성 맞장구'라고 명명하고 싶다. 그렇게 맞장구를 쳐가며 듣는 이야기란 비염을 1원도 안 들이고 고치는 소금물 코 청소의 효능 및 어느 특급 호텔 사장이 유명 축구 선수의 장인이라든가 초보 택시 기사가 가져야 할 마음가짐 같은 것이지만… 언젠가 쓸모가 있겠지.

출산한 산모에게 톳이 좋다는 생생 정보를 얻은 곳도 택시 안이었다. 미역도 좋지만 톳을 따라갈 수는 없다고, 미역보다 철분과 칼슘이 풍부해 피를 많이 쏟은 산모에게는 톳이 최고라며 톳밥, 톳나물 등을 해 먹으라는 이야기를 병원에서 산후조리원까지 이동하는 40여 분 가운데 20분 내내 들어야 했다. 생활 방송 〈생생정보통〉도 해조류 하나에 이토록 집요하게 굴진 않으리라. 나의 발작성 맞장구는 종종 이런 사고를 불러오기도 한다.(전에는 내 맞장구에 본인 인생 역정을 이야기하던 기사님이 흐느껴 울다가 목적지를 지나친 일도 있었다.)

처음 타보는 쾌적한 모범택시에 기분이 좋아 톳 이야기에 너무 적극적인 리액션을 보인 것이 문제였을까. 아기가 처음 바깥세상의 바람을 맞은 그날, 아직도 그날을 떠올리면 두 번째로 떠오르는 기억이 톳이다. 식당에서 톳나물 무침이 나온 며칠 전에도 그날 생각을 했다. 다행히 첫 번째로 떠오르는 건 바람이 불지 않는 곳에서 기다리라며 우리를 병원 현관에 데려다 놓고 혼자 도로 쪽에서 콜택시를 기다리던 남편의 뒷모습이지만.(톳에게 자리를 뺏기지 않아서 다행이다.)

TAXI

톳 이야기를 끝낸 기사님은 본격적으로(!) 전도를 시작했다. 우리의 만남이 얼마나 우연이 아닌지를 가슴 절절히 고백하시며 하는 말인즉, 원래는 평소처럼 점심을 먹기 위해 정반대 방향인 본인 집으로 가려다, 이상하게~ 유독시리~ 오늘따라~ 마음이 이쪽으로 기울어 핸들을 돌렸는데 우리의 콜을 딱! 받은 것이라는 거였다. 오늘 자신이 이렇게 새 생명을 태우게 된 기적이 다 하느님의 뜻이었다며 얼마나 감격하던지 거의 아기 예수를 만난 동방박사를 보는 것 같았다. 조수석에 앉은 남편의 얼굴은 눈에 띄게 굳어가고, 그러든가 말든가 끝없이 '좋은 말씀'을 하는 기사님을 보며 그 모든 상황이 기괴해서 웃음이 터져 나왔다. 품에 안긴 아기는 차가 움직이면 쌔근쌔근 잠을 자고 차가 멈추면 울기를 반복했다. 올림픽대로에 들어서 차가 막히자 아기의 칭얼대는 소리에 맞춰 "기사님, 죄송하지만 아기가 자꾸 깨서요. 조금만 조용히 부탁드릴게요"라고 우회해서 내 뜻을 전달했더니 기사님은 말했다.

"태어난 아기도 이 복음을 들어야 해요."

산후조리원에 도착해 내리려는 나에게 기사님은 초롱초롱한 눈으로 자기가 아기를 안고 있겠다며 손을 내밀었고 나는 조용히 웃으며 고개를 흔들었다. 기사님은 캐리어를 끌고 산후조리원으로 들어가는 우리의 모습이 사라질 때까지 자리를 떠나지 않은 채 아기에게 복음을 외쳤다. 그러고 보니 우리의 동방기사님은 차 안에서 선물도 주셨다. 아무래도 오늘을 위해 자기가 들고 다녔던 것 같다고, 꼭 주고 싶은 선물이 있다며 조수석 서랍을 뒤져 남편에게 건넨 동방기사의 선물은 성경이었다. 일기를 뒤지다 그날 일이 생각나 남편에게 성경책 어쨌냐고 물으니 불길해서 차에 그냥 두고 왔단다.

은하계는 사라졌지만

인터넷 뉴스에서 제우스라는 이름의 올빼미를 보았다. 아기 올빼미 시절 심한 부상으로 눈이 멀었는데, 눈동자가 밤하늘처럼 아름다워서 보호소에서 천둥과 번개의 신 제우스의 이름을 붙여주었단다. 사진에 담긴 제우스의 눈동자는 정말로 은하수 사진을 그대로 오려 붙인 것만 같았다. 과연 이름에 지지 않을 만큼 멋진 눈을 가진 올빼미였다. 당장 남편에게 보여주며 호들갑을 떨었다.

"이것 봐 이거, 아기 때 시호 눈도 이랬잖아."

"그랬지."

대강 돌아본 남편이 대강 긍정한다.(부정하면 대화가 길어진다.)

물론 시호의 눈이 정말 제우스와 똑같았던 건 아니다. 그냥 보기에는 평범한 신생아 눈이었다. 하지만 한참을 가만히 들여다보고 있으면 분명 은하계 같은 뭔가가 보였다. 은유가 아니라 정말로 보였다. 의학자가 아니니 정확히는 알 수 없지만, 아기는 손톱도 얇고 피부도 얇으니 안구도 아직 투명해서 눈 속 기관 같은 것이 어렴풋이 보이는 게 아닐까, 그때는 그 정도로만 생각했다. 아기 엄마 특유의 오버처럼 보일까 봐 현실에서 만난 사람에게는 이야기한 적 없었지만. 올빼미 제우스의 이야기를 읽으며 어쩌면 시력의 여부가 그런 현상과 관련이 있지 않을까 하는 생각이 들었다. 시호가 본격적으로 주변을 보기 시작하면서 눈동자 속 은하계가 사라졌기 때문이다.

땅에서 갓 기어 나온 두더지처럼 눈을 더듬거리던 시호에게 시선이 생기기 시작했다. 생후 60일 즈음 시호는 흑백 곰돌이 모빌을 좋아했다. 신생아는 아직 시력이 발달하지 않아 컬러보다는 흑백을 더 잘 본다고 해서 마련해둔 것이었는데, 과연 멜로디와 함께 곰돌이들이 돌기 시작하면 시호는 온몸을 쭉쭉 뻗으며 신이 났다. 얼마가 지나자 시호의 눈이 뭔가를 열심히 따라다니기 시작했다. 유심히 그 시선을 따라가 보니, 다섯 마리 곰돌이 중 땡땡이 무늬 곰돌이를 좇고 있는 게 아닌가. 뱅글뱅글 돌던 땡땡이 곰돌이를 잠시 눈에서 놓쳤다가 다시 따라잡으면 시호의 얼굴에 작게 반가움이 떠올랐다.

생후 백일이 지나자 시호는 침대 머리맡에 걸쳐둔 자수 테이블보의 노란색, 검은색 땀과 색깔을 보기 위해 고개를 뒤로 꺾기도 했다. 분유를 타다가 어쩐지 강렬한 인기척이 느껴져 돌아보면 역시나 고개를 꺾어 나를 보고 있는 시호와 눈이 마주쳐서 웃음이 터지곤 했다. 지난 몇 달간 아기를 지켜보는 것은 주로 어른인 나만의 일이었기에, 아기가 자신의 의지로 내 행동을 '지켜보고' 있는 모습이 견딜 수 없이 황당하고 귀여웠다.

아기는 자신의 새 능력을 열심히 갈고닦았다. 그림을 그리는 사람으로서 인간이 보는 법을 익히는 과정을 관찰할 수 있는 건 행운이었다. 시호는 매일매일 수십 개의 현상과 수십 개의 물질, 수십 개의 움직임을 보았다. 손바닥 두 개로 만든 새 그림자를 보았고 책상 스탠드의 불이 켜지고 꺼지는 것을 보았다. 블라인드가 촤르륵 내려가고 방 안이 캄캄해지는 것을, 샤워기에서 물줄기가, 로션 병에서 로션이 나오는 것을, 엄마가 빵을 집어 먹고 손에 묻은 부스러기를 탈탈 터는 것을, 설거지통에 담긴 물에 반사되어 일렁이는 빛의 멍울을, 엄마의 입술이 빨갛게 바뀌는 것을.

그리고 그런 시호를 관찰하는 내가 있다.

혹시 영화를 음소거 상태로 본 적이 있는지. 그냥 볼 때는 알아채지 못했던 배우의 손짓과 시선의 이동, 움직임이 소리가 사라지면 더 풍부하게 눈에 들어오기 시작한다. 새삼 배우의 입술 모양과 턱 근처의 작은 점이 보이고 화면 구석구석 놓인 소품들도 보인다. 배우가 무슨 말을 하는 건지 입술을 읽어보기도 한다. 마치 그림을 보거나 책을 읽듯 시선을 바쁘게 움직이게 된다. 이런 관찰 훈련이 만화 그릴 때 꽤 도움이 되어서 종종 일부러 소리를 끄고 영화를 보곤 한다.

아기가 말을 하지 못하니 평소보다 더 많은 감각을 사용해 아기를 관찰하게 된다. 그렇게 발견한 아기의 아름다움들은 오직 나만이 알 수 있는 것이다. 시간이 갈수록 나는 아기의 아름다움을 더 많이 발견하게 되었고 더 많이 사랑하게 되었다. 그래서 알지도 못하는 사람이 아이를 '예쁜 얼굴은 아니다' 같은 말로 평가하려 들면 우습다. 울면 새빨개지는 눈썹을, 먼지처럼 엉키는 머리칼을, 당신은 아무것도 모르잖아. 이제 막 태어나 세상을 보고 자기 존재를 보려는 아이에게, 기어이 잔인하게 구는 걸 참지 못하는 무례한 인간이 나는 정말로 화가 난다.

"시호야, 엄마 한번 봐봐?"

"휘이— 휘이이—"

휘파람을 부는 내 얼굴에서 시호는 잠시도 눈을 떼지 않는다. 동그랗게 오므린 내 입술을 외우듯 바라본다. 나를 외우는 시호의 얼굴을 미치게 사랑한다. 시호가 나중에 어떤 사람이 될지는 모르겠지만, 뭐든 천천히 잘 보는 사람이었으면. 그래서 아이가 뭔가를 잘 보면 꼭 칭찬해주려 한다.

"엄마는 시호가 뭐든 열심히 잘 보는 게 참 멋지다고 생각해."

빨래가 돌아가는 걸 보느라 세탁기 앞을 떠나지 못할 때는 의자를 가져다준다. 실컷 보렴.

성장이란 놀랍다. 눈 속에 본인만의 은하계를 가지고 있던 시호는 이제 네 살이 되어 밤마다 자기 손으로 플라네타륨을 켠 뒤 태양계 별자리를 관찰한다. 그러고는 잠자리에 누워 오늘 본 것들을 나에게 들려준다. 밖에서 주워 온 돌멩이를 내 손에 쥐어주듯.

"엄마, 오늘 유치원에서 우진이한테 내가 뽀뽀했다?"

"그랬더니 우진이가 뭐래?"

"우진이 입이, 빙그레 하고 웃었어."

어둠 속에서 시호가 검지 두 개를 펴더니 빙그레 올라가는 입모양을 만들어 보여준다.

"이렇게, 이렇게 입이 올라갔어."

정말 멋진 걸 봤구나, 시호야.

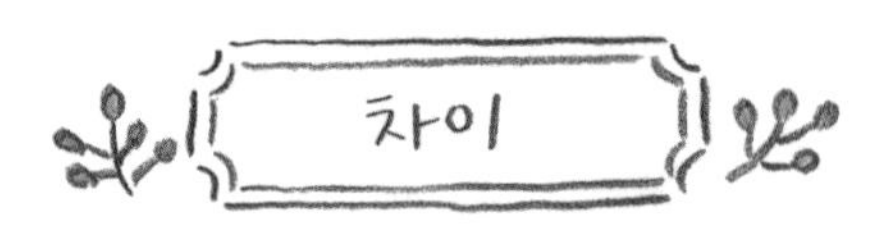
차이

시호 혼자서 먹어봐.
시어. 엄마가 머어줘. (먹여줘)

혼자는 싫지만 스스로는 좋은 22개월.

50킬로그램 인간 vs. 11킬로그램 인간

갑자기 만사가 다 귀찮아졌다. 아니, 귀찮다는 생각도 들지 않을 만큼 무기력해졌다. 죽은 듯 그냥 가만히 누워 있다가 그대로 사라졌으면. 그런 상태로 며칠을 보냈다.

가장 먼저 손을 뗀 건 아이 반찬 만들기였다. 비록 일식 일찬이었지만 웬만해서는 요리를 하지 않는 내가 아이 입맛과 영양, 변 상태를 고려해 나 자신을 가장 많이 달래가며 하던 일이었다. 식사는 나가서 사 먹이거나 가끔은 우유로 때우게 됐다. 개수를 제한하며 신경 써서 먹이던 과자도 그냥 막 쥐어줬다. 더 달라는 아이를 끈질기게 설득하는 일이 피곤해졌다. 뭐, 끼니 챙기는 일에 허술해지거나 젤리 몇 봉지 더 주는 정도야 사실 뭐가 문제일까. 그런 날도 있는 거지.

하지만 나를 정말로 괴롭게 하는 건, 아이의 얼굴을 봐도 아무런 감정이 들지 않는다는 사실이었다. 부정해보려 해도 그게 맞았다.

왜 이렇게 울어대는 건지. 우는 얼굴이 처음으로 예뻐 보이지 않는다. 어떨 때는 시호가 우는 걸 한마디 말도 걸지 않고 가만히 쳐다본다. 남의 일인 양. 어떻게 엄마가 너에게 이럴 수가 있지. 이렇게 핏기 없는 표정으로 너를… 도리어 내가 나에게 충격을 받는다. 변심한 연인이 된 것처럼 마음을 다잡아보지만 도저히 아이를 향해 입이 떨어지지 않는다. 그렇게도 다정하던 엄마가 왜 평소와 다른지, 시호는 눈물 콧물을 흘리며 의아한 표정이 가득인데 내 얼굴은 풀리지 않는다.

원래도 힘들어했던 재우기는 더 괴로워졌다. 왜 이렇게 안 자는 걸까. 남편이 재우면 금세 잠이 들면서 내가 재우는 날은 두 시간을 넘게 앉았다 일어났다 쉬 마렵다 배고프다 덥다 가렵다 보채는 게 얄미웠다. 내가 시호를 얄미워할 수 있다니. 잠자는 분위기를 만들어주기 위해 깜깜한 방 안에 꼼짝 않고 몇 시간을 누워 자는 척하고 있으면 영화 〈킬빌〉이 생각났다. 산 채로 관에 갇혀 땅속에 묻힌 우마 서먼. 정신과 시간의 방에 갇혀 365초 같은 1초를 보내는 기분. 뜨끈뜨끈한 아이 머리와 내 팔뚝 사이에 땀이 고여 끈적거린다. 숨이 막혀 부글대던 마음이 아이의 한마디에 임계점을 넘고 말았다.

"엄마, 무울…."

"시호야 그만!!"

50킬로그램 인간이 11킬로그램 인간에게 화를 내뿜었다. 작업실에 있던 남편이 후다닥 달려 나와 눈치를 살폈다. 거칠게 닫고 나온 방문 너머로 자지러지는 울음소리가 들렸다. 남편에게 내가 마무리를 하겠다는 사인을 보내고 곧장 방으로 들어가 아이를 안아 달랬다. 실수했다는 것은 안다. 소리 지르는 나를 서럽게 보던 아이의 얼굴이 계속 나를 찔러대지만 좀처럼 화가 누그러지지 않는다. 그날 밤 마음이 좀 진정된 후, 잠든 아이에게 미안하다 속삭이던 기분이란. 70년대 신파 드라마도 아니고 구려서 견딜 수가 없었다. 손쉽게 죄책감을 덜어보려 한 내가 혐오스러웠다. 다시는 그런 식의 사과는 하지 말자고 생각했다.

또 급성장기인 걸까. 아이는 다음 계단으로 올라섰는데 내가 미처 따라 올라가지 못해서 그럴 거라 다독이며 급하게 애독서 『엄마, 나는 자라고 있어요』를 펼쳤지만 찜찜함이 가시지 않았다. 이게 아니야. 감정을 조절하지 못하고 있는 건 분명히 나였고 아이는 평소와 같았다. 한 살처럼 떼를 부리고 한 살처럼 요구사항이 많을 뿐이다. 그런데 나는 왜 갑자기 인내심을 잃은 거지. 이후로도 몇 번의 짜증 대폭발과 자기혐오를 반복한 뒤 스스로 내린 결론은 'PMS(월경전

증후군)'였다.

당연히 PMS가 갑작스레 나타난 것은 아니었다. 예전부터 생리 주기에 따라 기분이 오르락내리락하곤 했지만 컨디션 난조로만 여기다가, 내 화에 아이가 피해를 입기 시작하자 또렷이 의식하게 된 것이다. 서른이 넘어도 이렇게 내 몸에 대해 모른다니. 평소라면 아무렇지도 않았을 아이의 사소한 고집에 퉁명스럽게 대꾸하고는 '내가 왜 이런 일에 날을 세운 거지?' 하며 체온을 확인하면 언제나 0.7도가 높았다. 원인이 (내 탓이 아니라) PMS라고 생각하니 금세 마음이 편해졌다. 아이가 싫어진 것일까 봐 정말로 무서웠었다. 실제로 PMS를 의식하고 나니 화가 날 때도 브레이크를 걸기가 쉬워졌다. 하지만 얼마 후, 아이의 말에 한마디도 대꾸하고 싶지 않았던 날, 어머 또 PMS인가 봐 룰루랄라 체온을 쟀는데 평소와 다름없는 36.5도였을 때 동공에 지진이 일어났다.

아주 오랜 시간이 지난 뒤에야 그때의 내가 '육아 번아웃' 상태였다는 걸 알게 되었다. 행당동 어느 정신과 의사의 블로그를 구경하다 번쩍 깨달았다. 뭐라 콕 집어 설명하기 힘들었던 감정과 상황들이 번아웃이라는 이름으로 묶이자 모든 게 선명해졌다. 시호를 재우며 처음 소리를 질렀던 그날은 갑작스럽게 시터가 그만두게 되어 육아량이 배로 늘어난 지 한 달이 넘어가던 때였다. 저녁에 아이를 재운 뒤 다음 날 새벽까지 마감을 하고, 남편이 출근 전까지 아이를 보는 동안 잠을 잔 뒤 다시 아이를 맡았다. 그런 상황에서 PMS가 종종 나를 임계점까지 끌고 갔다. 화장실 문을 닫고 변기에 멍하니 앉아 있는 일이 잦아졌지만 아이를 피해 화장실로 도망치는 내가 너무한가 도리어 자책을 했지 상황을 객관적으로 볼 여유가 없었다. 번아웃의 원인은 과도한 노동량이었고 해결법은 당연히 휴식이었다. 번아웃이라는 것조차도 몰랐던 첫 번아웃엔, 안 좋아진 상태를 눈치채고 휴가를 낸 남편에게 시호를 맡겼고 며칠 휴식을 취하니 평소의 나로 금세 돌아왔다.

'보살피다'라는 단어에는 자비와 희생의 상징인 '보살'이라는 단어가 들어 있다. 누군가를 돌보는 데는 정말로 보살 같은 인내심이 필요해서 그런 게 아닐까, 하고 종종 화장실로 도망칠 때마다 생각했다. 그러나 한낱 중생인 나의 인내와 자비는 대부분 체력에서 나온다는 것을 육아를 하며 알게 되었다. 나는 육아 세계에서 다른 부모들보다 바닥을 늦게 본 편이다. 시터가 그만두기 전까지는 내게 늘 체력을 회복할 시간이 있었기에 궁지에까지 몰린 적이 없었다. 아이를 위해서도 체력 관리의 중요성을 절감하게 되면서 남편과 상의해 가정 내 '육아 SOS 시스템'을 도입했다.(우리 부부의 취미 중 하나: 제도 만들기.) 내가 왜 이러지 싶을 때 언제든

SOS를 요청하면 본인의 육아 시간이 아니더라도 휴식 시간을 주는 것이다. 물론 이 제도는 남편이 집에서 가깝고 출퇴근이 자유로운 스타트업 회사로 이직한 상태였기 때문에 가능한 것이기도 했다. 남편은 내 상태가 좋지 않거나 마감이 위험해지면 휴가나 반차를 써서 집으로 뛰어와주었고 집에 함께 있을 때는 따로 요청하지 않아도 거실 공기가 더러워진 것 같으면 아이를 안고 신속히 집 밖으로 사라져주었다. 이후 남편이 회사를 그만두고 집에서 일하기 시작하면서는 '육아 보이콧 제도'로 이름을 달리해 서로 유용하게 쓰고 있다.

비밀은 손가락에

"어머님은 시호가 어떤 아이가 되었으면 하나요?"

동네 키즈 카페에 갔다가 전문 상담사가 해준다는 성장발달 테스트에 혹해 문진표를 작성했었다. 몇 주 후, 결과가 나왔다며 상담사가 집으로 찾아왔다.

어머님이란 말에 한 번, 시호가 어떤 아이가 되면 좋을지 지금껏 생각해본 일이 없다는 데 또 한 번 당황하며, 허술한 엄마로 보이지 않을 만한 적당한 대답을 찾으려 머릿속 단어들을 뒤졌다. "해…행복한 아이…?"라고 대답하며 상담사의 표정을 살폈지만 내가 뭐라고 대답하든 애초에 상관없었다는 듯 그녀는 빠르게 다음 말을 이었다.

"저는 제 두 아이를 꼭 책 많이 보는 아이로 키우고 싶었거든요."

정확히 말하면 그녀는 모 대형 출판사의 유아 전집 판촉 사원이었다. 그러니까 '성장발달 테스트'란 것은 일종의 모객용 서비스이고, 주 목적은 전집을 판매하는 것. 육아 커뮤니티에서 본 게 있어 '역시'라고는 생각했지만 기분이 나쁘지는 않았다. 직업의식이 발동해 이참에 전문 영업 사원과 이야기를 나누어볼 기회라고 생각하니 괜히 들뜨기까지 했다.(만화가라는 직업은 그런 면에서 참 경제적인 것 같다. 시간을 낭비한 경험조차도 이야기로 만들 수 있다.)

아무튼, 시호 어머님(직업: 만화가)의 음흉한 속마음을 조금도 눈치채지 못한 그녀는 밝게 이야기를 이어나갔다. 언어는 어떻고 정서는 어떻고 사회성은 어떻고… 또래 아이를 키우는 부모로서 아이 교육과 책 읽는 습관에 관한 대화가 무척 즐거웠다. 그리고 새삼, 육아라는 화제는 정말로 대단하구나 싶었다. 하고 싶지 않은 말을 하느니 어색함을 견디는 게 쉽다고 생각하던 내가 빈틈없이 대화를 이어가다니. '아이 교육에 신경 쓰는 노련한 엄마인 나' 코스프레가 더 신났던 것 같기도 하지만 말이다. 그녀의 이야기는 자사 전집의 장점에 대한 설명이 대부분이었지만, 지루해하는 고객을 위해 중간중간 유아 전집을 선택하고 관리하는 방법에 대한 유익한 팁을 제공해서 집중력을 잃지 않고 들을 수 있었다. 아기 때 보던 글자가 몇 안 되는 책은 지저분하더라도 처분하지 말고 두면, 한글을 배우기 시작할 때 한 글자씩 깨우쳐나가기 좋다는 꿀팁과 함께 벽에 붙이는 세계지도를 주고 그녀는 훌훌 우리 집을 떠났다.

어릴 때 우리 집에는 책이 많았다. 서점을 개업하려다 실패하고 오갈 데 없이 남겨졌다는 슬픈 전설을 간직한 조립식 선반이 10평이 되지 않는 좁은 집의 벽 하나를 차지하고 있었고, 그 위에 빼곡히 끼워져 있던 『사랑받는 아내교실』이라든가 『르네상스 미술대전집』, 금박을 입힌 세로글씨의 '도스토예프스키'라는 활자가 아직도 선명하게 기억난다. 선반 위를 기어 다니던 하얀 책벌레들도. 책들은 몇 번의 이사를 거듭하고 내가 결혼해 집을 떠날 때까지도 살아남아서 『사랑받는 아내교실』을 서울 신혼집으로 가져가라는 아빠와 싸우기도 했다.

책에 관한 기억은 유독 선명하다. 수십 권의 그림책으로 집을 지으며 놀던 기억, 호랑이들이 뱅글뱅글 돌다 버터가 된다는 내용의 『꼬마 검둥이 삼보』(인종차별적인 제목이 문제가 되어 나중에는 바뀌었다고 한다)를 읽고 오랫동안 세상에서 제일 맛있는 음식 하면 호랑이 버터로 만든 핫케이크를 떠올리던 날들, 사람이 살지 않는 옆집 다락방을 탐험하러 들어갔다가 너덜거리는 『십오 소년 표류기』를 주워 와서는 매일 밤 이불을 뒤집어쓰고 두근대며 읽던 기억도. 지금은 빵과 면이라면 환장하는 내가 결혼하기 전까지 잔치국수를 입에도 대기 싫어했던 건 그림책 『스트레가 노나』에서 본, 마을이 국수로 잠기는 장면 때문이었다. 그림책에서는 파스타였지만 파스타를 몰랐던 어린이인 나는 잔치국수를 싫어하기로 했다. 어릴 적에 본 그림책 한 권 때문에 국수를 사랑하는 내 평생의 재능을 발견하지 못할 뻔했다니, 책이란 참 무섭다.

나는 과일 가게 딸이었고 심할 정도로 알뜰한 엄마 덕에 많은 것을 갖지 못한 아이였지만 엄마는 나를 위해 어디선가 낡은 책을 열심히 얻어다 주셨고, 가게에 딸린 쪽방에 엎드려 책만 펼치면 언제든 다른 세계로 건너갈 수 있었다.

세월이 흘러 부모가 된 나는 아이에게도 책이 얼마나 멋진 것인지 소개해주고 싶지만 쉽지 않은 일이다. 15개월 즈음의 시호는 그림책을 읽어주려고 무릎에 앉히면 두세 장 넘기다가 거실로 도망가기 일쑤였다. 강요하고 싶지는 않아서 아이 관심사가 바뀌면 나도 그대로 책을 덮었다. 단순히 아직 책은 별로인가 보다고 생각했는데, 그즈음 시호를 돌봐주던 시터 선생님은 전혀 다른 말을 했다.

"그림책이 부족한 것 같아요. 지금 있는 책들은 시호가 다 본 거라 지금 읽어가는 속도로 봐서는 두세 배 정도는 더 많아야 해요."

"그래요? 저랑 있을 때는 책 잘 안 보던데, 시호가 가만히 앉아서 책을 보나요?"

"그럼요, 집중력이 얼마나 좋은데요. 제 무릎에 앉아서 다섯 권이고 여섯 권이고 한참을 봐요."

다음 날부터 작업실에서 일하며 거실에서 노는 선생님과 시호에게 귀를 바짝 세웠다. 책 읽는 소리가 들리면 주방에 커피를 가지러 가는 척하며 선생님의 그림책 읽어주는 스킬을 틈틈이 훔쳐보았다. 그림책 속 동물들 흉내를 기가 막히게 내는 게 아닐까 추측했지만 의외로 선생님의 목소리는 평소의 톤과 거의 다름없이 우아하고 차분했다. 연기력으로 따지면 솔직히 내가 훨씬 나은 것 같았다. 드래곤이며 루피며 크롱, 배고픈 늑대… 영감님 목소리 흉내는 내가 생각해도 일품이다. 스무 살 때부터 이순재 성대모사만큼은 자신 있었던 나니까.

두 사람은 헬린 옥슨버리의 『곰 사냥을 떠나자』를 보고 있었다. 약간의 리듬이 섞인 나긋한 목소리에 시호는 조용히 귀를 기울였다. '이제 손으로 책을 마구 휘저은 다음 일어설 때가 됐는데' 싶었지만 일어서지 않았다.

오랜 관찰 끝에 알아낸 비밀은 손가락이었다. 그림책을 한 장 한 장 넘길 때마다 선생님은 그림의 재미있는 부분들을 손가락으로 짚어주었다. '동굴'이라는 단어를 읽을 때는 어두운 동굴 그림을 짚어주었고, '곰'이라는 단어가 등장하면 그림 속 곰을 짚어주었다. 소리 내어 읽고 있는 이야기가 어떤 그림을 설명하고 있는지를 손가락으로 알려준 것이다. 어른인 나는 눈으로 책의 처음과 끝을 죽 따라가며 이야기를 읽는 것이 자연스럽게 이루어지지만, 아이는 인간의 책 읽는 방법이 훈련되어 있지 않으니 한 페이지에 펼쳐진 그림을 위에서 아래로, 왼쪽에서 오른쪽으로 보는 법을 몰랐던 것이다. 내가 지금껏 읽어준 방법은 이야기를 들려준 것이 아니라 그림을

여러 장 보여준 것에 가까웠다는 걸 깨달았다. 손가락의 도움 덕분에 시호는 이야기의 흐름을 즐기며 잘 따라가고 있었다.

선생님의 노련함은 손가락뿐이 아니었다. 눈보라가 몰아치는 페이지에서 등장인물들이 웅크리고 있으면 "아이 추워~" 하며 웅크린 동작을 함께 흉내 내보기도 하고, 문 앞까지 곰이 쫓아온 장면에서는 시호 손을 이끌어 주인공과 함께 문을 쾅 닫는 시늉을 하기도 했다. 책 속 세계에 푹 빠져든 시호를 보면서 이래서 배움이, 선생님이 위대한 것이구나 싶었다. 목소리가 괴상하고 웃기면 아이가 재미있어할 거라고 생각했던 나는 얼마나 무지했던가. 2012년생 앞에서 이순재 흉내를 내다니….

올바른 구연 지도에 힘입어 시호와 나는 본격적으로 그림책의 세계에 둘러싸이게 되었다. 비바람이 부는 날에는 흔들리는 나무들을 가까이서 볼 수 있도록 거실 베란다에 바짝 붙어 쿠션을 한 개씩 베고 누운 채로 『태풍이 온다』나 『빨간 모자』를 조금 무서운 목소리로 읽어주기도 한다. 늑대가 달려드는 장면에서 시호는 질끈 눈을 감고 몸을 돌려 내 가슴으로 파고든다. 요즘 우리는 책과 현실 사이를 넘나드는 일에 한창이다. 『커다란 순무』를 읽은 다음 시호를 순무 삼아 '순무 뽑기 놀이'를 하며 시간을 보내고, 놀이터에서 달팽이를 발견한 날

저녁에는 달팽이가 나오는 책인 『좋아질 것 같아』를 읽으며 그날의 추억을 되새기는 한편 생물에 대해 알아가기도 한다.

그림책을 보는 것은 나에게도 새로운 즐거움이었다. 활자를 소리로 뱉어내는 쾌감에 대해 처음 알게 되었고, 무시무시한 괴물들과 구두 요정들, 비 오는 날의 풀숲 속 비밀 피크닉, 우연히 만난 여우 친구와의 우정, 구름으로 만든 기차… 마흔을 향해 가는 시점에 그런 존재들이 내 일상에 다시 돌아온 것 또한 큰 즐거움이었다. 흥미로운 이야기를 더 멋지게 풀어낸 그림들을 보며 '좋은 만화를 그리고 싶다'는 자극을 받았다. 안킬로사우루스라든지 산청개구리 같은, 전에 알지 못했던 새로운 이름들을 알게 된 것도 소득이다. 좋은 그림책을 발견하면 저자 프로필을 체크하며 뭘 하다 이 업계로 흘러들어 오셨나 가늠해보는 것도 소소한 어른만의 즐거움이다.

시호에게 언제까지고 책 읽기가 즐거움의 영역이기를 바란다. 2년 차 부모가 되고 보니 아이를 둘러싼 환경을 만들어주는 역할이 중요하다는 것도, 어느 정도는 부모의 리드가 필요하다는 것도 알지만, 역시 '책 많이 보는 아이'라든가 '○○권 읽기 프로젝트' 같은 구호는 피로하다는 마음이 든다. 내가 저런 구호를 마음에 둔다면, 재미없는 걸 눈치채는 능력만큼은 천재적인 시호는 아마도 단숨에 달아나버릴 것이다. 그래서 고민 끝에 나는, 거의 〈인셉션〉 급으로 세심하게 아이의 독서 환경을 조성하려고 노력하고 있다. 우선 '책을 싫어하지만 않게'라는 마음가짐을 다진 다음, 아이의 최근 관심 주제를 고려해 흥미를 보일 만한 그림책을 골라 스을쩍 거실 구석에 던져두고 발견해주기를 바라는 것이다. 시호가 책을 발견해 들춰보기 시작하면 멀리서 짐짓 모른 척을 해주면 마무리다. 이게 어디가 〈인셉션〉 급이냐고 묻는다면 할 말은 없지만.

펜 파괴자와 공존하기

급하게 그림을 넘길 일이 생겨 작업용 펜을 찾는데 책상 위에 펜이 씨가 말랐다. 연필꽂이에도 라이트 박스 밑에도, 하나쯤 있을 법도 한데 정말 하나도 없다. 분명 얼마 전에 12개들이 한 박스를 사두었는데 박스도 텅텅 비었다. 거실로 나가 장난감 서랍 제일 첫 번째 칸인 잡동사니 칸을 뒤졌다. 수십 개의 크레파스와 고무줄, 하모니카, 말라비틀어진 귤껍질과 클레이의 회오리 속에서 고구마 캐듯 하나둘 펜을 찾아내다가 문득 시호가 요 몇 달 내가 펜을 드는 순간 낚아채 간 게 몇 개나 되나 궁금해서 세어보았다. 미쯔비시 유니볼 0.38㎜ 검은색이 52개, 0.5㎜가 18개다.

황당해서 사진까지 찍어두었다. 서랍 속에는 아직 밑그림용 6B와 4B 연필 수십 자루가 한

자루에 3,800원짜리 수채붓펜과 함께 뒤섞여 있다. 붓펜 뚜껑이 닫혀 있지 않은 건 당연하다.

육아 모드에서 작업 모드로 몸과 머리를 세팅하고 일에 몰입하려는 순간, 펜을 찾아다니다 첫 스텝부터 꼬이게 되면 기운이 빠지는 게 사실이다. 고작 펜 몇 개 가지고(70개지만) 자식에게 속 좁게 굴 거면 처음부터 엄마의 그림 도구는 만지면 안 된다고 가르치면 되지 않느냐고 생각하는 사람이 있을지도 모르겠다. 맞는 말이다. 나에게는 '엄마 책상에 있는 펜은 안 돼'라는 단순한 규칙을 가르칠 기회가 충분히 있었다. 하지만 어리석은 나는 '얼마든지 써도 되지만 뚜껑을 잘 닫고 제자리에 놓아두기'라는, 한 살짜리에게는 고대 파피루스에 새겨진 문자쯤으로 보일 법한 복잡한 규칙을 가르쳐보려 했고 결과는 택도 없었다. 게다가 세상 모든 육아 전문가가 한결같이 주장하는 '일관성'이라는 것을 지키기가 녹록지 않았다. 규칙을 가르칠 체력과 시간이 되는 날은 단호하게 안 된다고 일러주고 한 살 눈높이로 설명해준 뒤 납득할 때까지 느긋하게 기다릴 수 있었지만, 일하느라 정신이 없을 때는 "웅웅 알아서 해~" 하고 모른 척했다. 3,800원짜리 붓펜의 목숨으로 5분이라도 집중할 수 있다면. 또 어느 날은 "엄마 이거 허(써)도 대요?" 하고 고 참새 같은 입을 오물거리며 물으면 온몸이 사르르 녹아서 "그럼, 그럼, 써" 하아. 갑자기 불평한 것이 미안해진다. 내 탓이오 내 탓이오.

하지만 역시 시커멓게 색이 뒤섞인 윈저앤뉴튼 팔레트를 봤을 때는 아무래도 안 되겠다 싶어서 부랴부랴 크레욜라 수채물감 팔레트를 구입했다. "우아, 멋진 물감이다. 시호야 진짜 예쁘지?" 하고 호들갑을 떨며 건네주었는데 택도 없었다. 이미 갓 만든 반찬과 냉장고에서 하루 묵은 반찬을 구분하는 예리함을 장착한 시호는 크레욜라와 윈저앤뉴튼을 가뿐히 구분했고 바바라 붓과 화홍 붓을 가렸으며 동아 사인펜은 집어던졌다.(물론 동아 사인펜도 훌륭합니다. 엄마가 쓰는 것이 아니라는 사실을 알았을 뿐.)

아무튼 그래서 우리 집에 '내 펜'이라는 것은 없다. 급하게 콘티를 짜거나 아이디어를 메모할 때는 시호가 던져둔 핑크색, 연두색, 주황색 펜 가운데 아무거나 손에 잡히는 대로 쓰고, 일을 할 때는 시호의 장난감통에서 작업용 펜을 찾아와 펜선을 긋고, 효과음을 그려 넣을 일이 생기면 다시 시호의 장난감통으로 가서 검은색 붓펜을 찾아온다. 자와 지우개가 필요할 때도 역시 시호의 장난감통으로 간다. 가끔 잉크가 말라버린 펜을 버리며 투덜거리면 남편이 "그래도 짜증 내면 안 되지" 하고 핀잔을 준다. 그래… 짜증 내면 안 되지. 늘 검은 선 일색이던 내 콘티 노트가 온갖 색, 온갖 굵기의 선으로 알록달록해진 것을 보며 생각한다. 언젠가 이 페이지들을 그리워할 날이 올 거야. 그런 한편 콘크리트에 문지른 것마냥 갖은 수모를 겪은 산발한 붓펜을 보며 내심 안도한다. 컴퓨터는 못 만지게 잘 가르쳐서 다행이라고.

• • • 참, 문구점에 갔다가 노마르지 사인펜이란 제품을 알게 되었는데 뚜껑을 닫지 않고 하루가 지나도 마르지 않는다! 오오 이럴 수가. 역시 사인펜은 지구화학이다.

이게 다 제목 때문이다

집에 누가 놀러 와서 내 책장을 구경하면 약간 안절부절못하게 된다. 옛날에 나는 지하철에서 책을 볼 때 표지 겉장을 뒤집어서 제목이 안 보이게 만들어야 안심하고 독서를 할 수 있었는데 그것과 비슷한 심리인 것 같다. '후후 요즘 그런 것에 관심을 가지고 계시군요?' 하고 들키는 기분. 실제로는 아무도 나에게 신경 쓰지 않겠지만. 과한 자의식이 내 문제라면 문제다. 아무튼 내 책장에서 제일 신경 쓰이는 칸은 육아 서적이 꽂혀 있는 맨 오른쪽 제일 아래 칸이다. 『화요일 클럽의 살인』이나 『밤은 부드러워』 같은 멋진 제목의 책들로 가득 찬 다른 칸들과는 사뭇, 아니 대놓고 분위기가 다른 그곳. 『○○ 아이처럼』이나 『기적의 ○○ 육아법』 같은 욕망의 제목이 붙은 책을 스무 권이 넘게 꽂아둔 걸 보며 광기 같은 걸 느끼고 나를 오해하지는 않을까.(○○에 들어가는 건 주로 프랑스 아니면 요새 유행하는 단어들이다.) 육아 서적은 어째서 하나같이 제목이 이런 식인지 모르겠다. 막상 읽어보면 제목의 자극적인 기운과는 달리 꽤 배울 점이 많은데도 선불리 손을 뻗기가 망설여진다. 제목 하나 때문에 깊고 깊은 책장의 구석으로 유배당하다니, 육아서 입장에서도 좀 억울할 것이다.

누가 조언을 하면 일단 앞에서는 "오호…"라고 하지만 속으로는 '엥 그런가' 의심부터 하는 내가 하나부터 열까지 조언으로 가득 찬 책을 수십 권 가지고 있다. 선물받은 책도 많지만 직접 구입한 것도 많은데 사실 제대로 읽은 건 서너 권 정도다. 『엄마, 나는 자라고 있어요』나 『아기를 생각한다』 같은 발달에 관한 매뉴얼 책들. 이 책들은 정말 한 페이지도 빠짐없이 태그를 붙여가며 읽었다. 매뉴얼은 읽지 않으면 적용할 수가 없으니 절실한 마음으로 읽지만 '○○처럼 육아하기' 류의 책은 안 읽어도 그만이니 제목에 솔깃해서 구입했다가도(나 같은 사람 때문에 제목이 그렇다는 걸 새삼 깨닫는다) 다른 책에 우선순위가 밀리곤 했다.

서점에서 잠깐 넘길 때는 그렇게 흥미롭던 글이, 밤에 아이를 재우고 펼치면 왜 그렇게 지루한지. 아이가 잠든 시간까지 육아의 기운을 느끼고 싶지 않은 마음에 미뤄둔 것이 벌써 한 칸 가득이다.

물론 제목이 괜찮다고 내용도 훌륭한 것은 아니다. 점잖은 제목과 훌륭한 저자 프로필에

끌려 구입했다가도 초반 몇 장에 실망해서 더 이상 진도가 나가지 않는 경우도 많은데, 유아서 카테고리 20~30위 안에 드는 책인데도 읽다 보면 좀 이상하게 느껴지는 부분이 많다.

존 로크의 『교육론』이라는 책에서는 아이는 시원하게 키우는 것이 좋다고 주장하고 있어서 '역시 그렇구나' 싶다가도 얼음물을 채운 대야에 수시로 아이 발을 담가주면 좋다는 말에 '아동학대 아니야?!' 하고는 싸늘해지기도 한다. 어쩌자고 나는 17세기 인간이 쓴 양육법을 참고하려 했던가. 또 다른 17세기 인간 칼 비테가 쓴 『칼 비테의 자녀교육법』은 '나는 다른 남자들과 다르다'는 골자의 본인 자랑이 많아서 좀 배알이 뒤틀렸다. 태어날 아이가 남자라면 바위처럼 강하게, 여자아이라면 꽃처럼 아름답게 컸으면 좋겠다는 칼 비테의 말에 아내는 그런 태도라면 아이는 훌륭하게 자라지 못할 거라고, 남자든 여자든 훌륭한 인간이 될 수 있다고 말한다. 책에 나온 몇 가지 에피소드를 보면 그의 아내가 책을 쓰는 쪽이 나았을 것 같다는 생각도 든다.

하지만 이렇게 투덜거리면서도 막상 책장에서 치우지는 못하고 있다. 마음먹고 버리려고 한번 펼쳐보면 '그래 맞아… 그렇지…' 하며 끄덕이다가, 이 책은 구린 곳도 많지만 진실도 많다며 새삼 아쉬워져 다시 책장에 넣게 되는 것이다. 17세기 남성들의 육아서도 그렇게 살아남아 아직 내 책장에 꽂혀 있다. 영원히 읽히지 않을 것 같다는 마음 깊은 곳의 예감을 모른 척한 채…. 나는 내 책장의 『프랑스 아이처럼』이 무슨 내용인지 아직도 모른다. 분명 읽어보면 훌륭한 이야기가 있을 테지.

아이를 낳기 전에는 내가 어떤 선택을 하더라도 인생이 크게 문제없이 흘러갔다. 그래서인지 나는 남의 말이라면 좀 흘려듣는 경향이 있다. 그런 내가 먼저 경험한 사람의 조언이나 정보가 곧바로 삶의 질을 올리는 체험을 한 건 육아가 처음이었다. 그렇게 질색했던 알록달록한 타이니러브 모빌이 5개월 아기 엄마의 아침잠을 30분 연장시켜 주리라는 걸 내가 어떻게 미리 알 수 있었겠는가. 한번 써보라며 본인 아이가 쓰던 모빌을 가져다준 지인에게 새삼 감사하다. 그런 체험이 쌓이다 보니 다른 부모의 육아 경험이나 전문가의 조언에 더욱 레이다를 세우게 되었고 육아서 수집으로까지 이어진 것이다. 짧게 한두 줄이라도 읽고 넘어가면 아이를 이해하는 데 도움이 되니까.

이제는 육아 연차가 쌓이면서 나도 조금씩 육아에 나만의 판단이 서고 있어 '무슨 무슨 육아'에 더 이상 휩쓸리지 않겠다 다짐하고 있지만, 서점 육아서 코너에 서서 제목을 보면 또 홀린 듯이 손을 움직이고 만다. 얼마 전에도 『똑똑한 부모는 하나만 낳는다』라는 책을 구입하고 말았는데 사면서도 꼭 이렇게 다른 부모를 상처 주는 제목을 택했어야 할까 싶었지만 궁금증을 참지 못하고 계산해버렸다. 그런데 이 책의 운명은 예상 밖이었다. 아이가 셋인 청소 도우미께서 책장을 정리하다가 보시곤 "맞아… 내가 잘못 생각한 것 같아. 셋은 너무 많아…"라고 읊조리는 걸 들은 것이다. 얼마나 미안하고 얼굴이 화끈거리던지. 다시 펼쳐보지도 않고 곧바로 버렸다. 내용은 별달리 나쁘진 않았는데, 하아. 이게 다 제목 때문이다.

2014년 10월 6일 월요일 맑음 16.6°C

서른세 살이 되었다. 시호에게 "엄마 생일 추카해요"라는 인사와 축하 노래를 들은 첫 생일. 촛불을 끄고 기념사진을 찍었다.

나는 웃으면 눈가에 잔주름이 잔뜩 진다. 어릴 때부터 그랬다. 그래서 사진을 찍을 때는 힘껏 웃는 일이 드물지만 시호와 사진을 찍으면 주름이 보여도 신경 쓰이지 않는다. 오히려 좋다고 느껴질 때도 있다. 전엔 그냥 평범한 주름이었지만 시호 옆에 있으면 엄마의 연륜인 척할 수 있다.

서사가 있는 주름이 된다.

가르치지 않는 것

오랜만에 기저귀를 가는 동안 얌전히 누워 있기에(걸을 수 있게 된 이후로 늘 도망 다닌다) 신생아 때처럼 양 발바닥을 들어 내 볼에 꾹 눌러보았다. 뺨에 쏙 들어오던 작은 발이 이젠 턱선을 벗어난다. 어찌나 푹신한지 도리어 내 얼굴이 파묻힐 것 같던 발바닥은 단단해진 데다 굳은살까지 생겼다. 오랜만에 발바닥 감상을 하는 틈을 못 기다리고 결국 중간에 일어나 도망가버리는 시호. 기저귀를 벗은 채 뽀로로 카트를 밀며 자기 방으로 사라지는 작고 토실한 엉덩이를 보며 저 몸 전체를 석고를 뜨던지 조각으로 만들어서 늘그막에 마당에다 화초와 함께 장식해두고 매일매일 물끄러미 바라보고 싶다는 생각을 한다. 봐도 봐도 질리지 않을 테지. 현실은 아기 손 본뜨기 세트를 사두고도 2년 넘게 만들지 못하고 있지만.

아이의 성장을 위해 매일 닦이고 먹이고 있으면서도 막상 너무 빨리 자라는 게 슬프다. 결국 성공적인 성장이란 시호가 나에게서 잘 벗어나는 것을 뜻할 테니까. 2년이 이렇게 빨리 지나가는 감각이라면 남은 18년도 금세 지나가겠지. 더 이상 내 다리에 매달리지 않는 시호라니 상상하기 어렵다. 하긴, 벌써 시호는 나에게 잘 안기지도 않는다. 내가 멋대로 안으려 하면 고양이처럼 네 발로 힘껏 내 몸을 밀어낸다. 자라는 게 제 일인 아이에게는 좀 미안한 말이지만 조금만 늦게 크면 얼마나 좋을까.

22개월을 사흘 앞둔 아침이었다. 비몽사몽간에 시호 엉덩이를 더듬어보고는 기저귀를 갈아주려는데 "(기저귀) 시여, 시여—"란다.

"시호는 변기에 쉬 못 하잖아. 기저귀 빼려면 변기에 쉬할 줄 알아야 하는데 시호는 못 해서 안 돼"라며 심술을 부리고는(잠결이라 본심이 나왔다) 다시 기저귀를 채워주려다 그대로 잠들어버렸다. 그리고 얼마쯤 지났을까.

"엄마 이것 좀 보헤요— 엄마 이것 좀 보헤요—"

애타는 목소리에 눈을 떠보니 시호가 서 있었다. 두 손에 찰랑거리는 소변통을 들고 보란 듯이 의기양양한 모습이 얼마나 웃기던지 한참을 깔깔거렸다. 겨우 한 살짜리가 내 도발에 발끈해서 셀프로 배변 훈련을 한 것도 웃겼지만, 엄마에게 보여주려고 유아 변기에서 소변통을 분리한 다음 바닥에 흘리지 않게 방까지 조심조심 들고 왔을 험난한 여정을 생각하니(실제로 한 방울도 흘리지 않았다) 얼마나 놀랍고 기특하던지. 힘껏 안아주고 한참을 칭찬한 뒤 젤리곰도 두 개나 줬다.

얼마 전에는 이런 일도 있었다. 시호가 베란다 창문 앞에 서서는 뭐라고 알아들을 수 없는 말을 끝없이 중얼거리고 있기에 의아했다. 한참을 듣고 난 뒤에야 노래를 부르고 있다는 걸 깨달았다. 음의 높낮이가 전혀 없어 눈치채는 데 오래 걸렸다.

노래를 부르다니. 그러다 며칠 후에는 노래를 지어내기까지 했다. 노래를 지어내다니…. 처리 용량은 적지만 기능은 다 갖춘 초기 버전 컴퓨터 같은 한 살 시호는 이제 처음 듣는 단어와 문장도 한 번만 들으면 따라 하고, 아주 정교한 동작은 성공하진 못해도 비슷하게 흉내를 낸다. 어리석은 나는 벌써부터 엄마가 해줄 것이 없어질까 봐 조바심이 난다.

요즘 나는 어떤 것들은 가르치면 충분히 해낼 수 있다는 걸 알면서도 굳이 입력시켜 주지 않는다. 스스로 신발을 신고 벗는 법도 알려주지 않고 응가나 지지 같은 유아어를 제대로 된 단어로 고쳐주지도 않는다. 밖에서 놀다가 신발이 벗겨졌을 때 발바닥을 탁탁 털어준 뒤 신을

고쳐 신기는 순서와 그때 만져지는 아기 발의 감촉을 아직은 포기하기 어렵다. 시호가 스스로 하겠다고 하면 내버려두겠지만 굳이 혼자 하도록 가르치지는 않는다. 안아달라고 팔을 벌리는 시호에게 오냐오냐 응해주는 기쁨에 유모차도 잘 가지고 다니지 않고 어디든 업고 안고 다닌다. 엄마가 힘들다, 아이 다리 근육 약해진다, 하는 어른들의 잔소리에도 꿋꿋하다. 남에게 피해를 주는 게 아니라면 할 수 있는 힘껏 오냐오냐 키우고만 싶다. 시호가 아닌 나를 위해 육아서의 지침들을 모두 거스르고 있지만 잘못하고 있다는 생각은 들지 않는다. 내가 아무리 다음 단계로 가는 길을 알려주지 않아도 시호는 자라버리고 있다. 이 시간을 조금만 더 붙잡아두고 싶은 게 큰 욕심은 아닐 것이다.

네가 모르는 시간

서른두 살 생일을 맞아 하루를 통째로 나를 위해 쓰기로 했다. 남편이 휴가를 내고 시호를 맡았다. 엄마랑 놀고 싶어 보채는 시호의 주의를 끄는 게 힘든지 남편이 후딱 나가라고 재촉했지만 아랑곳하지 않고 느긋하게 오전 시간 내내 방바닥에 늘어져 있었다. 오후에는 이태원에 가서 빈티지 가구를 구경할 거다. 가는 동안 지하철에서는 오랜만에 책을 읽어야지. 어렸을 때 이후로 처음, 생일날 '꼬옥 갖고 싶은 것'이 생겼다. 시간.

엄마와 같이 나가겠다고 우는 시호를 남편이 텔레비전 보자며 달랬다. 좀 누그러진 시호에게 "엄마 시장 가서 맛있는 바나나 사 올게" 하니 눈물이 고인 채 고개를 끄덕인다. 아이를 거짓말로 달래고 임기응변식으로 넘어가는 게 나쁘다는 건 알고 있다. 하지만 도저히

"엄마 놀러 갔다 올게. 신나게 놀다 올게"라는 말은 할 수가 없다. 이 조그만 아이에게, 인간에게는 혼자 있는 시간이 필요하다는 것을 어떻게 이해시킬 수 있을까. 네가 없어도 엄마가 신이 날 수 있다는, 당연하지만 아픈 사실을. 꼭 끌어안고 있어도 내 마음이 다른 곳으로 향하면 귀신같이 알아채고 우는 시호다.

무거운 마음이 가구 거리를 걷는 순간 순식간에 사라졌다. 미드센추리모던풍 사이드보드며 빈티지 파이어킹 찻잔, 올록볼록 유리문이 달린 민트색 찬장… 눈이 홱홱 돌아갔다.

우연히 알게 된 어느 아기 엄마가 들려준 이야기가 있다. 어느 날 친척 어른이 돌아가셨다는 연락을 받고 급히 상갓집에 가게 된 그녀는 아기를 낳고는 처음으로 밤에 외출을 했다. 회사에서 돌아온 남편에게 잠든 아기를 맡기고, 황망한 마음으로 밖으로 나선 그녀는 1년 만에 마주친 '밤'에 가슴이 두근거렸다고 했다. 그래, 이게 밤이었어. 밤에도 이렇게 길에 사람이 많았었지. 버스를 타고 장례식장으로 가는데 웃음이 멈추질 않았단다. 향을 꽂고 절을 하는데도 자꾸만 입꼬리가 올라가서 곤란했단다. 그 자리에 있던 엄마들 모두가 배를 잡고 웃었다. 이런 일에 같이 웃을 수 있는 건 아기 엄마밖에 없지 않을까. 싱글이 이런 이야기를 들으면 웃으면서도 '역시 육아는 무서워'라고 생각할 테지. 무서운 건 사실이지만.

Happy birthday

그녀만큼은 아니지만 나 역시 베이비시터가 그만둔 지 4개월 차로, 오로지 놀기 위해 혼자 나선 낮 외출에 가슴이 두근거렸다. 양손에 아무것도 들지 않고 단풍으로 물든 가로수길을 성큼성큼 걷는 것만으로도 전능감이 들었다. 이 두 손을 나만을 위해 쓸 수 있다니. 빈티지 가구 거리에서는 건진 게 없어 디앤디파트먼트 스토어로 발을 돌렸다. 여기서는 뭐든 한 가지는 득템할 확률이 높다. 가리모쿠60 가구를 감상하며 집 안의 이케아 가구를 하나씩 몰아내자는 목표를 새로이 다진 뒤, 지하로 내려가 사이토의 나무로 만든 휴지통 하나와 스테인리스 접시 두 개, 시호가 들기 딱 적당한 작고 빨간 법랑 컵, 나가오카 겐메이의 『디자이너 생각 위를 걷다』를 내 (유형의) 생일 선물로 구입했다.

오후 3시를 훌쩍 넘겨 점심을 먹으러 '트레비아'라는 이탈리안 레스토랑에 갔다. 까르보나라에 레드와인 한 잔을 마시며 천천히 끝까지 식사를 마친 뒤 일기장을 펼쳐 '아기 낳기 전엔 이런 게 가능한 인생을 살았다니'라고 썼다. 문득 세탁기에 빨래를 돌리고 깜빡 안 널고 온 게 생각났지만 잊기로 했다.

저녁에는 잠시 귀국한 친구와 퐁듀 주꾸미란 것을 먹었다.(하루의 한 톨도 낭비할 수 없다.) 막걸리와 맥주를 마시고 알딸딸한 기분으로 강남 밤거리를 걸었다. 그래, 밤이 이런 거였지.

나는 한국의 대부분 집들이 그렇듯 가부장적인 분위기에서 자랐다. 대학에 가기 전까지 친구 집에서 자는 일 같은 건 상상할 수 없었고, 해가 지면 빨리 집에 돌아가야 한다는 마음에 초조해졌다. 나는 엄마가 술에 취한 모습을 본 적이 없다. 아빠가 수많은 바깥세상의 밤들을 보내는 동안 엄마의 유일한 세계는 1평짜리 과일 가게 안이었다. 그래서 어느 날 가게 한쪽에 숨겨놓은 맥주를 꺼내며 멋쩍은 듯 "가끔씩 한 잔 마시면 좋아"라고 말하며 웃는 엄마 모습이 낯설면서도 기뻤다. 내가 모르는 엄마가 있다는 것이.

자정이 되기 전 한 손에는 쇼핑백을, 한 손에는 시호가 먹고 싶다고 한 도넛 상자를 들고 집에 돌아왔다. 조용한 거실에 빨래가 널려 있었다.

세
번의

아침들

완두콩이 나왔다

봄이 되니 시장에 완두콩이 나왔다.

예전부터 완두콩이 예쁘다고 생각했다. 올록볼록한 깍지 속 '쪼로미' 줄지어 있는 모습이 반찬의 영역에 속하기엔 너무 과한 귀여움을 가지고 있다고 생각했다. 꼭 한 번 프로 주부처럼 완두콩을 하나하나 손질해 콩밥을 예쁘게 지어보고 싶었지만 이게 의외로 구하기가 어려운 것이 아닌가. 백화점에나 가야 까서 얼린 완두콩 정도를 구경할 수 있었다. 그래서 시장 채소 가게 바닥에 늘어선 완전한 상태의(콩깍지 그대로의) 완두콩을 발견했을 때 나도 모르게 환호성을 질렀다. 마트가 아닌 시장에 간 덕분이다.

시호가 태어나고는 날씨가 좋으면 일부러 시장에 간다. 채소, 생선, 고기 등 한 가지 종류의 물건만 파는 가게가 각각 있고, 주인의 개성과 규칙대로 물건이 진열되어 있고, 각각의 가게마다 들어가서 물건을 고르고 이야기를 주고받고 계산을 하고… 이 모든 과정이 아이와 함께하니 놀이처럼 느껴진다. 편리하고 친절한 마트도 좋아하지만 시장은 시장대로 또 좋다.

유모차 손잡이에 장 본 것들을 주렁주렁 매달고, 마지막으로 분식집에 들러 식혜를 산다. 임신했을 때부터 늘 들르던 가게인데 주인아저씨가 아이를 좋아해 언제나 반갑게 맞아주시고 한 잔만 구입해도 빨대를 꽂아 꼭 시호의 손에 쥐어주고 빨대도 입에 물려주신다. 식혜 한 잔을 시호와 번갈아 마시며 언덕 위 우리 집까지 유모차를 밀고 올라갔다.

저녁이 되어 시호가 지루해하는 틈에 낮에 사 온 완두콩을 꺼냈다. 아이를 낳고 안 건데, 아이는 개와 비슷한 점이 많다. 공처럼 생긴 건 무조건 좋아한다. 엄마, 아빠 다음으로 뱉은 말도 "꼬옹"이었다. 기다란 콩깍지 속에 작은 공처럼 생긴 콩이 줄줄이 꽉 차 있으니 온몸을 들썩이며 내 옆에 자리를 잡았다. 껍질을 까는 건 어려워해서, 내가 먼저 껍질 한쪽을 길게 찢어서 건네주면 콩들을 우르르 소쿠리에 쏟아 넣는 건 시호가 했다. 때로는 콩깍지에 다시 콩들을 하나씩 넣고는 잘 자라며 자장가도 불러주기도 했다.

아침에 같이 일어나 같이 아침밥을 먹고 같이 놀이터에 가고, 또 같이 장을 보고 완두콩과

갈치와 소고기를 사고, 같이 식혜를 나누어 마시며 집으로 돌아오는 일. 또 같이 완두콩을 손질해 콩밥을 지어 먹고 같이 이를 닦고 잠드는 일. 해가 길게 늘어진 부엌 바닥에서 시호와 같이 콩을 까는 지금, 이 모든 일상 속에 시호가 당연하게 존재하고 그것으로 내 하루가 완성된다는 사실이 어떤 초자연적 현상보다도 감격스럽다.

henri Salvador
1917-2008

그렇게 주 양육자가 된다

남편과의 육아 분담에 불만이 생기면 나는 지체 없이 채찍을 휘두른다.(채찍 휘두르기도 꽤 힘들다.) 우리 집을 거쳐 간 시터 선생님들이 한목소리로 "시호 아빠는 정말 대단해요. 시호 아빠 같은 사람 없어요"라며 칭찬할 때는 솔직히 기분이 좋긴 하지만, 그런 남편보다도 더 많은 에너지를 육아에 투자하고 있는 나는 어째서 대단하다는 칭찬을 들은 적이 없는가에 대한 의문이 이어지는 것도 사실이다.(이유는 알지만.) 가끔 인터넷 육아 커뮤니티를 구경하다가 누가 봐도 압도적으로 많은 시간을 아이에게 쓰고 있는 쪽은 아내인데도 "우리 남편이 이렇게나 육아를 도와준답니다"라며 남편을 치켜세우는 글이 올라오는 걸 보면 괜히 못마땅한 기분이 들곤 했다.

대립하기보다는 칭찬하는 방식으로 가정의 평화를 도모하려는 아내들의 입장을 나 역시 잘 알고 있기 때문에 더 그랬다. 부모님들은 흔히 결혼하는 딸에게 여우 같은 아내가 되라고 하지 않던가. 우리 부모님도 현명, 지혜 같은 뭐 비슷한 소리를 하셨다. 본인들 딸이 사냥개인 것도 모르고.(…) 이제 나도 결혼 10년 차로 접어들다 보니 '싸우지 말고 살살 달래서, 네가 머리를 잘 써서 남편을 가정으로 끌어들이라'는 어른들의 지혜(?)는 그만 사양하고 싶다. 아 피곤해.

하지만 결혼 생활이란 것이 또 그렇게 매사에 쾌적하게 딱 떨어지지가 않는다. 남편을 사랑하고 있기 때문이다. 남편 뒤통수를 보며 60년짜리 분노를 품었다가도 한순간에 또 사랑스러워 미치겠는 게 부부의 괴상한 점 같다. 새벽부터 남편에게 편지를 쓰면서 드는 생각이다. 방금 고레에다 히로카즈의 영화 〈그렇게 아버지가 된다〉를 보고는 새삼스레 남편뽕이 차올라(상스러워서 죄송) 고마운 마음을 구구절절 편지지에 눌러쓰고 있다. 시호에게 좋은 아빠가 되어줘서 고맙다고, 시간을 아낌없이 내어줘서 너무나 고맙다고.

회사를 그만두고 집에서 1인 개발을 시작한 남편은 드디어 엄마인 나만큼 아이와 시간을 보낼 수 있게 되었다. 전에도 할 수 있는 최선을 다했지만, 이제는 놀아주는 역할뿐 아니라 아이의 건강과 위생, 생활 리듬과 식사, 시터 선생님과의 커뮤니케이션까지 관리하며 진정한

주 양육자로 거듭나고 있다. 아이의 변비를 걱정하며 매일 신경 써서 유산균을 챙겨 먹이고, 외출하고 돌아올 때는 다음 날 아침에 먹일 식사거리를 잊지 않고 사 온다.

며칠 전 아침에는 양치를 하던 남편이 문득, 요즘 시호랑 시간을 많이 보내다 보니 아쉬운 마음이 든다는 이야기를 했다. 회사 다닐 때 일 생각으로 바빠 시호의 아기 시절을 많이 놓친 것이 후회된다면서.

"그치? 놓치고 있을 땐 뭘 놓치는지 모른다니까. 같이 보내는 시간이 길면 길수록 더 예쁘고 아쉬운 거야. 더 사랑하게 되니까."

기회를 틈타 꾸짖기부터 했지만 너무 늦지 않게 깨달아준 남편에게 고마운 마음이 들었다.

그래서 이 새벽에 편지를 쓰고 있다.

영화에서 아이를 사랑하는 일에 시간만 중요한 것은 아니라고 변명하는 료타(후쿠야마 마사하루)에게 유다이(릴리 프랭키)는 "아이들에게는 시간이죠"라고 잘라 말한다. 내가 아니면 안 되는 일이 있어서 어쩔 수 없다는 료타의 말에는 "아버지란 일도 다른 사람은 못 하죠"라고 답한다. 이 명대사에 그만 '내 남편 최고'의 뻥(죄송)이 화르르 차올랐던 것이다. 맥주를 평소보다 많이 마신 탓도 조금 있을지 모르겠지만. 아무튼 오늘은 당근의 날이다. 장문의 편지를 곱게 접어 애교스러운 그림까지 하나 그린 후 남편의 책상에 올려두었다. 가서 궁둥이도 한번 툭툭 쳐주고 와야겠다.

• • • 그런데 조금 못마땅한 점도 있다. 신경 써서 유산균을 먹인 효과가 있어 기쁜 것은 알겠지만 아이의 응가 사진을 보내지는 말았으면 좋겠다. 물론 시호를 누구보다도 사랑하지만… 좀 그랬다.

베란다에 산새들 초대하기

추워서
안 되겠다,
엄마
난간에 철사로
고정시킨다.

모이통에 빵조각들을 넣고, 새들 사이에
소문이 퍼지길 기다린다.
(대략 2~3주 걸림)
어치다.
쉬-

fin.

시선들

자주 다니던 동네 카페 앞에서 한동안 멍하니 서 있었다. 유모차 손잡이를 꼭 쥔 채였다. 추워질 때 태어나 바깥 구경을 제대로 못 해본 시호에게 햇볕도 쬐게 해주고 나도 바깥 커피가 마시고 싶어 나왔지만 카페 입구에 계단이 있다는 걸 까맣게 잊고 있었다. 아니, 잊고 있었다기보다는 아예 모르고 있었다. 아이를 낳고서야 계단을 '발견'한 것이다. 층계는 두 개뿐이었지만 신생아가 타고 있는 몸집 큰 유모차는 올라갈 수가 없었다. 2월의 바람을 정면으로 맞으며 딸아이와 내가 어떻게 하면 카페 안으로 무사히 들어갈 수 있을지에 대해 몇 가지 방법을 생각해보았다. 유모차를 번쩍 들어 올려 옮기면? (아직 몸이 젤리 같은 4개월 차 베이비는 다람쥐 통에 들어간 것처럼 흔들릴 것이다.) 아기를 꺼내 안고(공기가 차갑다) 한 팔로 유모차를 들어 올리면? (불가능하다.) 유모차를 카페 앞에 세워두고(세워둘 곳이 없다) 아기만 꺼내 안고 카페에 들어가면? (아기를 안은 채 커피를 들 수 있는 방법이란?)

나는 이 카페에 들어갈 수 없다. 여기뿐 아니라 경사로가 없는 장소에 들어갈 어떤 현실적인 방법도 존재하지 않는다. 남들은 다 들어가지만 나는 들어갈 수 없는 곳이 있다는, 전에는 느껴보지 못한 종류의 충격에 잠깐 사고가 정지한 채 서 있었던 것이다. 돌아서서 계단이 없는 다른 카페로 갈까 하다가 근처만 한 바퀴 돌고 집으로 돌아왔다. 아직 바람이 너무 차다. 유모차를 밀면서 입구에 턱이 없는 카페를 찾아 헤맬 체력까지는 없었다. 집으로 돌아가면서 편의점에서 커피 음료를 하나 사려 했지만 편의점 앞에도 턱이 있어 그냥 지나쳤다. 그날 이후 계단과 턱은 내 삶의 질을 좌우하는 존재가 되었다.

내 몸에 아이가 기본 장착되면서 세상이 좁아졌다. 정서적으로가 아니라 실제로 좁아졌다. 언덕길이 많은 우리 동네는 길도 울퉁불퉁해서 여기저기 유모차 바퀴가 빠지거나 걸리고, 횡단보도의 초록불은 너무 빨리 바뀐다. 차도와 인도의 구분이 없는 좁은 골목을 유모차를 밀면서 걸으면 뒤에서 자동차가 빵빵거리고, 휠체어나 유모차가 지나갈 수 있도록 만들어진 경사로에는 자동차가 정차해 있기 일쑤.

빌딩의 커다란 유리문은 고정되어 있지 않은 곳이 많아서 유모차를 미는 동시에 한 팔로 문을 잡으면서 아슬아슬하게 통과하다 어깨나 등이 문에 쓸리는 건 예사다. 가끔씩 문을 잡아주는 사람들에게는 혹시나 못 듣고 지나갈까 봐 큰 소리로 고맙다고 인사한다.

전철역은 아직도 종종 노약자용 승강기가 없는 곳이 있다. 그럴 때는 안전요원을 찾아 유모차를 이동시켜 달라고 부탁해야 한다. 무거운 유모차를 들고 낑낑대는 앳된 공익근무요원에게 너무나 큰 미안함과 고마움을 느낀다. 유모차와 함께 사람들이 빼곡한 전철 안에 서면 어느 곳도 내 자리가 아니라는 느낌에 긴장을 풀기 어려웠다. 우리는 노약자석에서도 일반석에서도 누군가를 불편하게 하지 않고는 서 있을 수 없다. 내 존재가 누군가에게 걸리적거린다는 경험, 타인의 관대함에 기댈 수밖에 없고 그런 일상이 오래 계속되리라는 사실은 그동안의 나를 돌아보게 만들었다. 건강하고 혼자였던 나. 남에게 폐 끼치지 않고, 언제나 홀홀 혼자의 몸으로 남의 도움을 받으며 사는 일은 없을 거라 교만했던 나. 부서진 보도블록쯤은 가뿐하게 넘을 수 있었던 나. 그리고 지하철 개찰구에 교통카드를 찍으며 다시는 아기와 둘이서 외출하지 않겠다며 엉엉 울고 만 나.

유모차 생활을 하며 자연스럽게 장애인을 생각하게 되었다. 어째서 그렇게 목숨 걸고 고속버스에 탑승할 수 있게 해달라 싸우고 소리 높이는지, 나의 이동이 제한되기 시작하면서 간신히 이해하게 된 내 좁은 시야가 창피했다. 세상에 약자들을 위한 '제자리'는 그리 많지 않았다. 건강한 어른의 몸에 맞춰진 세상에, 나는 아이의 몸이 되어 다시 한 번 적응해야 했다.

그러나 기저귀 갈이대가 없는 화장실이나 인도의 턱보다 나를 더 괴롭힌 건 시선들이었다. 아기를 데리고 식당에서 밥을 먹으면 늘 체했다. 갑작스러운 아기의 큰 목소리나 울음을, 떨어뜨린 포크와 음식물을, 정신없이 부산한 내 모습을 누군가 탓할까 긴장했다. 누가 무심코 쳐다보기만 해도 그 시선이 호의인지 적의인지, 그저 우연히 눈이 마주친 것인지 해석하느라 머릿속이 바빴다. 친절한 사람들도 많은데 내가 너무 과민한 탓일까 생각하다가도 '민폐 엄마'와 관련된 뉴스에 달린 수천 개의 증오 가득한 댓글을 보고 나면 매 순간 나와 아기의 행동을 검열할 수밖에 없었다. 아기의 행동을 검열하다니. 마치 내가 원하면 아기가 그대로 따라주기라도 할 것처럼.

한겨울에, 화장실이 건물 밖에 있던 식당에서 '식당 안에서 기저귀 가는 맘충'이 되지 않기 위해 비상구에서 춥다며 우는 시호의 바지를 벗기고 기저귀를 갈았다. 지하철에서는 쉼 없이 움직이는 아이의 손과 발이 남에게 닿지 않도록, 아기의 울음소리뿐 아니라 웃음소리까지 단속하려 애를 썼다. "쉿!"과 "죄송합니다"를 입에 달고 살았다. 하지만 시선은 어딜 가든 우리를 따라다녔다. 조용한 카페에 들어서면 종종, 잘못 놓인 물건이라도 보듯 아이와 나를 예의 주시하는 시선들에 주문한 차를 다 마시지도 못하고 서둘러 일어나곤 했다. 미술관에서는 스태프들이 불안한 눈빛으로 우리를 좇았고 고상한 분위기의 어느 식당에서는 이제 막 앉은 우리에게 '조용히 안 하면 여기서 밥 못 먹는다'며 미리 엄포를 놓기도 했다. 아이에게 농담처럼 건넨 엄포였지만 아마도 그 주인은 목소리 큰 어른에게는 그런 농담을 하지 않을 것이다. 그 시선들을 마주하며 참으로 오랜만에 중학교 1학년 때의 복도를 떠올렸다. 낡아서 뒤축이 떨어진 지 한참이나 된 내 구두를 향한 반 아이들의 시선을 견디며 걷던 긴 복도.

너무나도 선명했던 멸시들을.

한번은 지하철에 탔다가 앞 사람 가방이 시호의 머리를 스쳤다. 키가 작은 아이는 자주 성인의 가방이나 팔에 맞는다. 놀란 시호가 으앙 울며 순간 발을 쭉 뻗었는데 앞에 서 있던 아가씨의 코트에 닿았나 보다. 당황해서 시호 머리를 살피는데 뒤에 있던 아주머니가 소리쳤다. "발부터 내려!" 아이 발은 코트에서 떨어져 있었지만 다시 닿을까 초조했던 모양이었다. 이쯤 되면 눈치가 늦은 편인 나조차 단번에 깨닫는다. 세상이 우리에게 적대적이라는 것을. 엄마인 나는 아이의 머리를 보고 아주머니는 아이의 발을 본다. 아무리 친절한 사람이 많아도, 때로 꽤 살 만하다 느껴져도, 누군가 그렇게 나를 폐 끼칠 존재로 쳐다보는 시선은 단 한 번만으로 내 존재에 대한 믿음을 갉아먹었다. 그리고 그 시선에 항의할 수 없다는 것이 한 번 더 나를 땅으로 꺼지고 싶게 만들었다. 혹시나 아이가 위험해질까 두려워 성을 낼 수가 없었고, 정말로 우리는 남에게 폐를 안 끼칠 수가 없기 때문이다.

시호와 길을 걸으면 자주 사람들의 찬사를 받곤 했다. 뒤뚱뒤뚱 걸으며 웃는 아이에게 사람들은 참 친절했다. 아이라는 존재에 무심했던 나는 세상에 이렇게 아이를 좋아하는 사람들이 많았나 놀랍고 고맙다. 하지만 동시에 두려운 마음도 들었다. 아이가 지하철 바닥에 토를 하고 칭얼댈 때도, 식당에서 여러 개의 앞 접시와 어린이용 포크와 가위를 요구할 때도, 물을 쏟아 식당 휴지를 몇 통이나 쓰게 만들고 점원을 바쁘게 만들 때도 관대할까. 카페의 음악 소리에 들썩들썩 춤을 추거나 큰 소리로 울거나 웃을 때도 아이니까, 라고 이해해줄까. 아이를 데리고 있는 나는 성인들의 매너를 지키기 어렵다. 아이는 소리를 내고 몸을 움직이고 포크를 떨어뜨리고 물을 쏟는다. 나는 곁에서 내가 할 수 있는 최선을 다하고 있지만 아이를 기계처럼 꺼놓을 수도, 내가 기계처럼 아이를 완벽히 관리할 수도 없다. 조용히 식사를 마치는 날도 있지만 그렇지 않은 날도 있다. 열차에서 정신없이 아이를 돌보다 떨어뜨린 기저귀를 동석한 언니가 챙겨주지 않았다면 나 역시 어느 맘충 목격담의 주인공이 되었을지도 모른다.

트렌스젠더 만화가 라에르츠 코티뉴는 자신의 다큐멘터리에서, 화장실을 쓰고 나올 때 늘 남들보다 더 신경 써서 깨끗하게 정리하고 나온다는 말을 했다. 인터뷰어가 왜냐고 묻기도 전에 나는 이유를 알 수 있었다. 라에르치는, 트렌스젠더라서 더럽게 쓴다며 욕을 먹을까 봐 그렇다고 답했다. 약자가, 소수자가 어떻게든 눈에 띄지 않으려 애쓰는 방식은 다 같구나 공감하며 마음이 아팠다. 나 역시 식당에서 아이의 몇 마디 말을 단속하거나 테이블 밑에 들어가 물티슈로 바닥을 닦다가 문득, 우리의 존재를 아예 들키지 않으려 애쓰고 있다고 느끼곤 했다.

결혼 초기, 시아버지와 통화할 때마다 목소리가 너무 커서 괴로웠다. 왜 이렇게 소리를 지르듯 말씀하실까. 나중에 남편을 통해, 노인은 귀가 어두워서 아무리 조심해도 목소리가 커진다는 걸 알게 되었다. 놀랍게도 '노인이라 그럴 수 있다'고 생각하니 그다음부터는 불편하지 않았다. 도리어 내가 더 큰 목소리로 말하게 되었다.

아이는 아직 사회의 질서를 배우고 있는 더디고 작은 사람이다. 장소에 따라 목소리 크기를 조절하는 법도 다리를 흔들지 않고 가만히 있는 법도 수백 번을 가르쳐야 익힐 수 있는. 그리고 동시에 어른의 몸에 맞게 만들어진 높고 큰 의자에서 미끄러지려는 몸을 꿈틀대다가, 바닥에 닿지 않아 허공에 뜬 발을 움직이다가, 아직 힘이 부족한 손아귀로 식기를 들어보려다 떨어뜨려

혼이 나는 약자다. 나 역시 아이를 키우며 아이의 '그럴 수밖에 없는' 특성을 알게 된 뒤에야 다른 약한 존재에게도 관대해졌다. 내가 아이에게 공공예절을 가르치려고 애쓸 때 사람들이 나를 지적하고 욕하지 않을까 하는 두려움이 없었다면, 아이가 잘못한 일에 비해 사람들을 의식해 과하게 혼내서 상처를 주고 나도 상처받는 일은 없었을 것이다.

나는 사람들이 손가락질하는 '그런 엄마들'에 속하지 않으려 노력했지만 이제는 안다. 내가 아무리 스스로 구분 지으려 해도, 결정권은 내게 없다는 것을. 강자와 약자, 남자와 여자, 어른과 아이, 빠를 수 있는 사람과 느릴 수밖에 없는 사람, 항의할 수 있는 사람과 그럴 수 없는 사람. 우리가 예의 바른 엄마와 아이인지 매 순간 평가받는 일이, '그런 엄마와 아이들'이 있다는 이유로 한데 묶여 입장 거부당하는 것이 마땅하다는 시선들이, 요구사항이 많아 불편하다는 이유로 구석 자리로 치워지는 일이, 이 위계질서의 하위에 있기 때문이라는 것을 깨닫는 데까지 꽤 오래 걸렸다. 나는 아이들보다 무례하고 시끄러우며 점원에게 소리 지르는 아저씨들을 평생 목격해왔지만, '그런 아저씨들'이 있다는 이유로 그들이 갈 수 없는 곳은 세상에 없다.

카페에서 아기가 잠에서 깨어 울기 시작하자 옆자리 아기 엄마는 민첩하게 아기를 안고 밖으로 나갔다. 성인들의 '조용히 즐길 권리'를 위해 아기와 엄마는 38도의 햇볕 아래 서 있다.

카페 안은 시원하고 쾌적하고 이미 충분히 시끄럽건만. 이어폰 없이 야구 경기를 보는 등산객, 테이블을 손바닥으로 치며 호탕하게 웃는 커플, 신발과 양말을 벗고 소파에 발을 올린 아저씨의 무심할 수 있는 권력이 나는 참으로 놀랍다. 이미 성숙한 어른인 그들의 민폐는 (좀 짜증은 나지만) 있을 법한 일로 이해되고 '인간'이라는 대범주 안에서 희석되지만, 미성숙한 아이들은 울음소리조차 배려받지 못하고, 아이 엄마들은 '맘충'이라는 낙인으로 겁박당하며 부당할 정도로 완벽해지기를 요구받는 현실.(도리어 아이를 데리고 있어 돌발 상황이 잦은데도 말이다.) 이런 현실을 인정하는 것은 괴로웠다. 하지만 한편으로는 자유로워지기도 했다. 나는 시선의 위계 앞에서 보란 듯 '완벽하게 예의 바르며 아이를 제대로 훈육하는, 당신들 예상과 다른 나'를 증명하려 스스로를, 아이를 필요 이상으로 다그치는 일을 그만두기로 했다.

얼마 전 시호와 애니메이션 〈마녀배달부 키키〉를 보는데 새삼 어른들의 태도가 눈에 띄었다. 지브리 애니메이션에 등장하는 마을 어른은 대부분 아이에게 관대하다. 그저 아이의 귀여움을 예뻐하는 게 아니라 아이가 가진 엉뚱함과 미숙함마저 존중하고 있다는 인상을 받는다. 말도 안 되는 짓을 저지르고 마을을 질주하는 키키와 친구들을 지나가는 엑스트라일 뿐인 어른 캐릭터들이 굳이 '허허' 웃어주기에, 의도한 연출이라는 것을 짐작할 수 있었다. 감독 미야자키

하야오는 그의 저서 『책으로 가는 문』에서 이렇게 말한다. 아이에게는 거듭 바보 같은 짓을 할 권리가 있다고. 나 역시 아이들이 놀이터에서 소리 지르지 않고 조용히 놀아야 한다거나, 비눗방울을 불며 어른들 옷에 날아가 묻지 않도록 주의받는 세상은 뭔가 좀 잘못되었다고 생각한다.

어쩌면 현실은 만화와 다르다는 말을 들을지도 모른다. 그렇지만 나는 이게 현실이야, 이게 세상이야, 순응한 채 살고 싶지는 않다. 앞으로도 평소처럼 아이에게 공공예절을 가르칠 것이다. 그러나 전처럼 낙인을 피하기 위해서가 아니라 사회를 구성하는 한 시민으로서 그렇게 하고 싶다. 동시에 아이가 두려움 없이, 자신 그대로 존재할 수 있는 장소가 세상에 더 많아지기를 바란다. 누군가 우리에게 부당한 시선을 준다면 나 역시 시선으로 응할 것이다.

그리고 친절해지려 한다. 언젠가 동네 죽집 구석 자리에 앉아 잔뜩 긴장해 있던 우리에게 "잘 가라, 꿈나무"라며 웃어주었던 아저씨처럼, 사람들로 밀리고 넘어지던 퇴근길 지하철에서 시호와 내가 넘어지지 않도록 몸에 힘을 주어 공간을 만들어주던 어른들처럼. 세상에 친절과 관대함이 부족하다면 내가 더 친절해져서 친절의 총량을 올려볼까 한다.

기록하는 일, 기억하는 일

오지은서영호의 〈404〉를 듣고 있으면 매번 눈물이 나는 부분이 있다.

> 아름다운 것들을 보면
>
> 슬퍼지는 이유는
>
> 잠시라도
>
> 가질 수 없다는 걸
>
> 알게 되었으니까

오월이라 창밖이 마침 아름답다. 바람이 불 때마다 눈처럼 쏟아지는 꽃가루와 희게 빛나는 오갈피 나뭇잎의 뒷면을 보며 끄덕인다. 원래 가질 수 없는 거야. 잠시라도 가질 수 없는 거야. 누구에게나 공평한 거야. 그렇게 생각하면 위로가 된다.

그러나 두 살 아이의 엄마로서 자식의 아름다운 순간들을 붙잡아두려는 나의 집념 또한 만만치 않다. 아이와의 일상은 '산호와 진주'✦가 발에 채이는 생활이고, 나는 동원할 수 있는 모든 도구를 활용해 그것들을 줍고 있다. 시간이라는 대법칙을 이겨보리라는 심정으로 공격적으로 기록한다. 대개는 사진을 찍지만 여유가 되면 그림을 그려두기도 하고, 여의치 않으면 휴대전화에 짧게 메모라도 한다. 그마저 하지 못하는 상황이라면 잊지 않으려 애쓰며 머릿속에 몇 번이나 외워둔다. 좋은 기억을 저장해두는 일이라면 가을철 다람쥐처럼 부지런한 나. 꾸준히 이용 중인 몇 가지 기록 도구에 대해 이야기해볼까 한다.

| 사진 |

시호가 걷기 시작하면서 줄어들긴 했지만 매달 1,000장 이상은 찍는다. 평소에도 많이 찍지만 여행이라도 가면 난리가 난다. 부산 시부모님 댁은 서남향으로 창이 나 있어 내가

좋아하는 오후 빛이 예쁘게 들어온다. 사진 찍으러 왔냐는 어른들의 핀잔이나 이 순간을 온전히 즐기라는 현명한 자들의 충고에도 개의치 않고 좋은 장면이다 싶으면 후다닥 카메라를 챙겨 와서 포착한다. 풍경 같은 건 지구가 멸망하지 않는 한 다음 해에도 엇비슷한 모습을 볼 수 있으니 나 역시 느긋하게 즐기지만 아이의 성장기는 지금뿐이다. 시간을 멈추는 기계가 내 손에 있는데 어찌 쓰지 않는단 말인가.

사실 손에 꼽을 만큼 정말 마음에 드는 사진은 찍은 것 가운데 반도 되지 않을 거다. 대개는 내가 느낀 이미지가 사진에 잘 담기지 않거나 결정적인 순간을 포착하는 데 실패해서 재차 시도하다 보니 양이 늘어나는 경우가 많다. 좋아하는 사진집 『윤미네 집』 머리말에는 이런 문장이 있다.

> 사진은 어디까지나 시각적으로만 표현이 가능함에도 불구하고
> 말하는 모습까지 담으려고 애썼으니 필름 낭비도 낭비지만
> 얼마나 어리석기까지 했던지.

나 역시 사진에 움직임까지 담으려 애를 썼다. 그냥 동영상을 찍으면 될 텐데 고집스레

사진을 찍었다. 아이 셋을 키우시는 지금의 시터 선생님께서 "무조건 동영상이에요. 동영상이 최고예요"라며 강조하시는 것을 듣고는 영상 찍기에 좀 더 적극적이 되기도 했지만 동영상 세대로 자라지 않아서인지 '촬영은 사진이 기본'이라는 인식이 잘 바뀌지 않는다. 게다가 사진이 주는 정지된 이미지만의 매력은 역시 동영상과는 감흥이 다른 것 같다.

물론 동영상이라고 그렇게 간단한 것만은 아니다. 아이의 재롱에 취해 흐느적거리다 문득 '이건 찍어야 돼!' 하고 휴대전화 카메라를 켜면 드라마틱은 이미 끝나 있다. 다시 똑같은 재롱을 부리기를 독사처럼 기다리며 아이 기분을 띄워보지만 귀신같은 한시호에게 리바이벌은 없다. 일부러 촬영 기동성이 좋은 아이폰으로 바꾼 후로는(잠금 상태에서 슬라이드 한 번으로 카메라가 켜진다) 좀 나아지긴 했지만 쉽지 않다.

아이 사진을 찍기 위해 카메라를 세 대나 구입한 나지만 그런 나에게도 나름의 규칙은 있다. 첫 번째는 사진을 찍느라 아이의 즐거움을 방해하지 않을 것. 가능한 한 동물 사진가처럼 은밀히 움직이며 아이가 엄마를 부르기 전까지 최소의 촬영을 한다. 두 번째로는 제대로 된 장면을 찍지 못했다고 집착하거나 무리하지 말 것. 어디까지나 아이를 돌보면서 하는 촬영이니 한계가 있을 수밖에 없다. 안타까운 마음이 들 때는《내셔널 지오그래픽》의 포토그래퍼를 떠올리며 마음을 초연히 가다듬는다. 동물과 자연의 멋진 순간을 포착하기 위해 한 종을 몇 년

동안이나 쫓아다니는 프로에게도 '결정적 순간'은 어려운 일이라는 것을.

이 규칙들을 보면 오늘도 몰래 사진을 찍다가 시호를 화나게 한 나를 비웃을 남편이 생각나 뜨끔하긴 하지만 최대한 지키려고 애쓰고 있다.

| 일기와 그림 |

매일 일기를 쓴다.

처음엔 수유 일지 한 켠에 메모 칸을 만들어 시호의 귀여웠던 점이나 어제와 달라진 점을 간단히 덧붙이는 정도였다. 그러다 곧 한 페이지가 일곱 칸으로 나뉜 위클리 다이어리로 바꾸었고, 다시 무선 노트로 바꾸어 세 페이지고 네 페이지고 시호와의 일과를 양에 찰 때까지 적게 되었다. 마감이 순조롭지 않거나 시호가 아플 때는 며칠씩 건너뛰기도 하지만 20대 때부터 쓴 일기장을 30대에도 다 채우지 못한 나로서는 꽤 에너지를 많이 투자하고 있는 일이다. 일기에 간단히 그림을 그려둘 수 있는 밤들은 참 기쁘다. 아이와 충만한 하루를 보내 기분도 괜찮고 또 당장 마감이 없다는 뜻이니까. 콘티 수준의 성긴 그림이지만 그리고 있다는 행위 자체로 스트레스가 풀린다. 나중에 뒤적거릴 때는 글로 쓴 것보다 훨씬 강렬하게 그때의 기억을 되살려준다.

시호와 외출해서 신나게 놀았던 날은 쓰고 싶은 건 잔뜩 있지만 오히려 피곤해서 일기를 쓰기 힘들 때가 많다. 그런 날은 놀러 간 곳의 티켓이나 영수증을 붙이는 걸로 일기를 대신하기도 한다. 어떤 날은 너무 행복해서 어떻게든 그날의 공기를 되살려보고 싶어 날씨 칸에 습도와 기압, 연무와 강수까지 기록하기도 했지만 나중에 읽어보니 그다지 되살아나지 않았다. '기압 1,040hPa↑'라는 게 어떤 감각인지 데이터가 없으니 떠오를 리가. 언젠가 여유가 생기면 매일 꾸준히 기록하면서 기압을 몸에 익히고 싶다는 생각도 들지만 지금은 '맑음, 비, 갬' 정도만으로 표시하고 있다. 날씨에 대한 인상을 문장으로 써두는 것도 좋을 것 같은데 당장은 여력이 없다.

일기장은 통일감을 위해 몰스킨만 사용하고 있는데 교체할 때마다 받는 각인 서비스가 작은 즐거움이다. 온전히 나의 기쁨으로 써온 일기지만, 언젠가 시호가 자라서 훔쳐 읽을 때 유년 시절의 조각들을 찾으며 즐거워할 일이 기대되기도 한다.

| 감각기억법 |

마릴린 먼로의 생애에 관한 다큐멘터리 〈러브, 마릴린〉을 보다 알게 된 방법이다. 뉴욕 액터스 스튜디오의 연극 지도자이자 연출가인 리 스트라스버그는 마릴린 먼로에게 연기지도의 일환으로 '감각기억법'을 가르친다. 기억을 떠올릴 때 경험의 감정에만 의존하지 않고 그 당시에 해가 어디에 떠 있었는지, 방 안의 냄새, 입고 있던 옷 등 모든 감각을 활성화시키면 기억이 되살아난다는 것이다. 의식적으로 했던 것은 아니지만 나 역시 시간이 지난 뒤에도 생생하게 되살릴 수 있는 기억들은 그런 식으로 떠오르곤 했다. 시호가 13개월 무렵, 앓고 난 뒤 첫 걸음마를 했던 날 아침. 다급한 남편 목소리에 비몽사몽 눈을 뜬 나에게 볼이 터지도록 뿌듯한 얼굴로 걸어오던 시호의 뒤뚱거리는 몸짓과 남편의 웃음소리. 우리 셋을 감싼 아침 공기와 빛, 나른한 느낌, 몸에 닿은 이불의 바스락거리는 감촉….

분명히 사진을 찍어두었다고 생각했는데 아니었다. 어떤 기억은 종종 사진보다 더 선명하게 기억 속에 각인된다. 그래서 역으로 정말 기억해두고 싶은 순간은 감각을 다 사용해서 외워보려 하고 있는데 잘 되고 있는지는 영 모르겠다.

| 남의 창작물로 기억을 아름답게 박제하기 |

낮잠 잘 때 종종 시호의 인중을 손가락으로 눌러보곤 한다. 이 오목함이 얕아지는 날이 올까. 아기의 인중에 매료되어 있다 보니 심보선의 시 「인중을 긁적거리며」를 알게 되었다. 시의 모티프가 된 탈무드 신화도. 천사가 자궁 속 아기의 전생 기억을 지우기 위해 "쉿" 하고 손가락으로 윗입술과 코 사이를 누른 자국이 인중이라는 꿈 같은 이야기. 그걸 SNS에 썼더니 "저에게 찾아온 천사는 손가락이 두꺼웠나 봐요…"라는 댓글이 달려서 얼마나 웃었는지 모른다. 이런 에피소드까지 '시호의 인중'에 관한 기억과 한 세트다.

시호의 먼지 같은 배냇머리도 사랑했다. 갓 태어난 새의 앞가슴 털처럼 늘 엉켜 있는 뒷머리를 보며 피천득의 「새털 같은 머리칼을 적시며」라는 시를 떠올리곤 했다. 시호 입술이 새부리 같아서 더 모양새가 들어맞았다. 내가 사랑하는, 금세 사라질 시호의 모습들에 가장 아름다운 형태의 창작물을 투영시키는 사치를 저작료도 없이 즐긴다. 내가 레오나르도 다빈치쯤 된다면 아기의 아름다움을 조목조목 창작품으로 만들어 영원히 박제해두겠지만 나의 창작력에는 한계가 있으므로, 깃털을 모으는 까마귀처럼 남의 창작물을 빌려다가 연출한다. 오히려 그 편이 더 정확할 때가 많다.

"시호 엄마, 시호 아랫니가 올라오는 것 같은데 한번 보세요. 가제수건으로 입안을 닦아주는데 뭐가 걸리더라고요."

시호가 5개월이 되던 무렵 계셨던 시터 선생님의 인자한 음성과 사투리를 떠올리면 아직도 기분이 좋다. 정말일까 싶어 입안을 더듬다 찾은 딱딱한 감촉에 손가락 끝이 찌릿해졌다.

아가의 몸에 처음 돋아난 딱딱한 것. 내내 소식이 없다 흙 위로 머리를 내민 새싹처럼 어찌나 반갑고 기특하던지. 시간이 제법 흐른 지금도 종종 아랫니 대발견의 기억을 몇 번이고 멀미가 나게 재생하곤 한다. 그러고는 아직 손가락에 그 뾰족하고 낯선 감촉이 남아 있음에 안도한다.

나도 알고 있다. 시간을 잡을 수는 없다는 것을. 아이가 태어나고부터는 더 절절히 느낀다. 지나간 시간이 정말로 절대로 다시는 돌아오지 않는다는 것을. 하지만 부지런히 기록을 해두면 시간이 흘리고 간 조그만 기념품 정도는 붙잡을 수 있다고 믿고 있다. 1테라바이트에 달하는 사진이 하나도 정리되어 있지 않아도 걱정 없다. 앨범 만들기는 노후의 기쁨으로 남겨두면 되니까.(물론 2테라바이트 외장하드와 구글드라이브 두 군데로 백업을 해두고 있다.)

✦ 피천득 수필 「산호와 진주」 참조.

주머니 타임머신

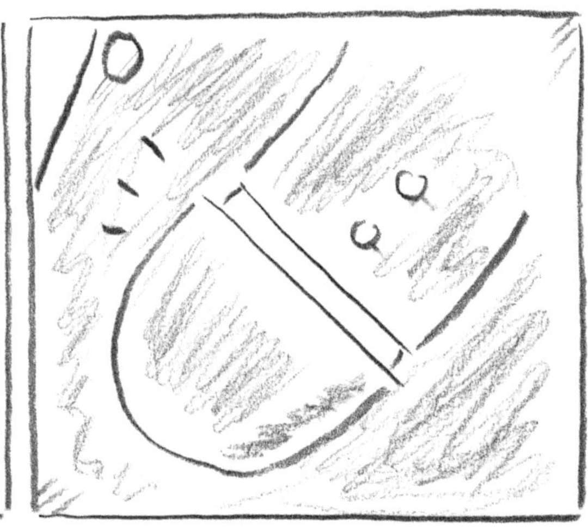

fin.

은혜로운 반찬 가게

냉장고에 차곡차곡 포개둔 반찬 몇 가지를 꺼낸다. 깔끔한 흰 용기 위에 붙은 라벨에는 반찬의 이름과 유통기한, 식재료명이 꼼꼼하게 인쇄되어 있다. '말린 무화과와 연근 간장조림.' 말린 무화과라니… 나는 과일 가게 딸이었지만 그냥 무화과도, 말린 무화과도 먹어본 일이 없다. 이국적이라고 해봤자 파인애플이다. 이제 겨우 두 살짜리가 라이프스타일 잡지에나 나올 것 같은 음식을 맛본다. 인터넷 반찬 가게는 훌륭하다.

나는 요리를 거의 하지 않는다. '거의'라는 단서를 붙인 것은 일주일에 한두 번 정도 국수나 볶음밥을 만드는 데다 한 번씩 필이 받으면 반짝하고 요리 시대가 펼쳐지기도 하기 때문이다. 하지만 단서를 붙여가며 조금이라도 요리의 기운을 붙잡고 싶어 하는 나의 마음과 달리 대부분의 끼니는 배달 반찬이나 외식으로 마련하게 된다. 딱히 요리를 싫어하는 것은 아니다. 오히려 요리하는 삶을 무척 동경하고 있다. 그저 요리할 시간이 생긴다면 책을 보거나 뒹굴거리는 쪽을 택할 뿐이다. 하고 싶은 모든 일들이 끝나고도 시간이 남는다면… 그때는 요리에게도 시간을 쓸 마음이 있다.(아무래도 싫어하는 것 같다.)

아무튼 이런 내게 아이의 끼니를, 그것도 삼시 세끼에 간식까지 챙기는 일은 꽤 스트레스였다. 하루에 세 끼를 챙겨 먹인다는 것은 한 사람분의 노동력이 모두 밥으로 향하는 일이라는 걸 알게 되었다. 시터 선생님이 있는 날은 반찬을 만들고 간식을 챙기느라 일할 시간을 다 써버리기도 했고(시터는 집안일은 하지 않는다) 선생님이 없을 때는 아이를 유모차에 태워 장을 보고 언덕배기 우리 집으로 돌아와 냉장고에 정리한 뒤 그냥 뻗어버리는 일도 다반사였다. 일하는 도중에 선생님이 노크하며 "시호 간식은 뭘 먹일까요?"라고 물으면 위가 쪼그라들었다.

일주일에 한두 번 미리 밑반찬을 만들어두고 먹이면 되지 않나 싶겠지만 오래된 반찬은 아기도 싫어한다. 맛없는 걸로 배를 채우느니 굶는다는 생각이 몸에 배어 있는 내가 아기에게 눅눅한 반찬을 주는 건 아무래도 좀 찔린다. 그런 와중에 '더반찬'이라는 인터넷 반찬 가게를 알게 된 것이다.(두둥!) 사실 아이가 태어나기 전부터 이용하던 반찬 가게였는데, 한동안 먹었더니 질린 데다 그때는 아이가 없었으므로 요리할 여유가 꽤 있어서 점점 이용하지 않게 되었다. 내 발길이 뜸한 동안 가게는 성업에 성업을 더하며 반찬 종류 또한 더욱 다양해졌다. 아이가 먹을 수 있는 맵지 않은 반찬도 꽤 많아졌다.

나는 여기에서 매주 일요일마다 '7데이 세트'(매주 반찬 종류가 바뀐다!)와 몇 가지 국을 주문한다. 그러면 수요일 새벽에 우리 집 문 앞에 배달된다. 반찬이 일곱 가지나 되니 적어도 3, 4일은 눅눅하지 않은 신선한 반찬을 즐길 수 있다. 남은 3일은 외식과 나의 '거의' 하지 않는 요리로 어떻게든 버틸 수 있다. 더반찬을 영접(!)한 뒤 늘 일식 일찬이었던 딸아이의 식판이 화려해졌다.(실은 전에는 식판을 사두고 쓰지 않았다. 담을 게 없어서….) 솔직히 내가 만든 것보다 훨씬 낫다. 내가 평생 무화과와 연근을 조릴 일이 있을까. '시트러스 에그 샐러드'는 어떻고. 시트러스라고 쓰면서도 시트러스가 뭔지 모른다 나는. 뭔가 굉장히 영양가 있어 보인다. 아아, 위대한 더반찬.

더반찬 덕분에 삶의 질이 월등히 나아졌다. 내킬 때 스스로 요리해 먹을 여유가 있는 1등급 삶의 질에 비하면 소소한 상승이지만 다음 끼니에 대한 스트레스가 사라진 것만으로도 일상이 훨씬 쾌적해진 것이다. 아침에는 두유 한 잔이나 빵, 점심에는 더반찬, 저녁은 금방 조리한 따뜻한 것을 먹이는 것으로 훌륭한 삼시 세끼를 완성시킬 수 있다. 저녁에 자주 만드는 것은 오므라이스와 국수, 소고기콩나물밥 같은 한 그릇 음식이다. 낮 동안의 바쁜 마감이 지나고 저녁 요리를 할 때면 인생이 제대로 흘러가고 있다는 생각이 들어서 만족스럽다. 바쁠 때는 그마저도 하지 못하지만 스트레스는 받지 않는다. 냉장고 속에 멋진 반찬들이 포개져 있으니까 말이다.

2015년 4월 18일 토요일 비 15.2°C

시호가 얼마나 컸는지 오늘은 나도 모르게 가스 불 좀 줄이고 오라고 할 뻔했다. "딸기 먹을래, 사과 먹을래?" 물으니 "그냥 아빠랑 놀래"라며 제3의 대답을 하기도 한다. 프린터 소리가 들리면 거실에 있다가도 달려와서는 출력물을 엄마 책상까지 가져다주고, 내가 감기약 먹이는 걸 잊으면 "약부터 먹어야지" 하고 알려준다. 노화하고 있는 내 두뇌에 새 CPU가 추가된 것처럼 조금 든든한 기분이 든다. 스캔은 언제쯤 할 수 있게 되려나.

사이좋은 친구

이 상태로 식사.

fin.

동네 놀이터에서의 짧은 망상

나의 어른 생활에 아이의 밀도가 급격하게 증가했다.

낳은 건 하나뿐인데 인생 전체가 아이들로 덮여버렸다. 놀이터와 키즈 카페, 소아과, 어린이 도서관 같은 아이들이 많은 곳에 가야 하는 일정이 하루의 반 이상을 차지하는 데다(때로는 종일이 되기도 한다) 그곳으로 가는 짧은 이동의 순간에도 시호는 끊임없이 아이들을 찾아내 인사를 주고받는다. 유모차에 누운 채 마주 오는 유모차를 향해 손을 흔드는 모습이, 창문으로 수인사를 건네는 버스 기사 아저씨들 같다.

당연한 일이겠지만 늘어난 아이들만큼 '아이 엄마'의 밀도도 늘어났다. 놀이터에서, 키즈 카페에서, 공원에서 시호가 자신과 비슷한 아이들을 찾아내고 궁금해하는 만큼이나 나도 다른 엄마에게 호기심을 가지고 은근슬쩍 탐색을 하곤 한다. 옷차림이나 외모를 보기도 하고(아이를 돌보면서 가능한 꾸밈의 한계를 가늠해본다) 물티슈나 기저귀 가방은 어떤 걸 쓰는지 살핀다. 아이를 대하는 방식도 가급적 눈에 띄지 않게 눈여겨보며 참고로 삼는다. 제일 놀라운 건 단정하고 깔끔한 엄마다. 아이가 아직 잘 걷지도 못하는데 머리도 떡지지 않고 향긋한 냄새를 풍기는 데다 패디큐어까지 한 부지런한 엄마를 보면 정말로 신기하다. 도대체 어떻게 가능한 것인지.

나는 시호가 17개월이 되어서야 아이를 팔에 매달지 않은 채 문자를 보낼 수 있게 되었고, 27개월이 지나서 선크림, 33개월에 접어든 어제서야 드디어 발톱에 색을 칠할 수 있게 되었는데 바르면서도 감격했지만 바르고 나서도 너무나 감격스러워서 책상에 발을 올려두고 한참이나 쳐다보았다.(이걸 쓰면서도 다시 한 번 발을 들어 감상한다. 아 예쁘다.)

갑자기 이야기가 패디큐어로 샜는데 아무튼 아이 엄마들은 놀랍게도 거의 모두들 친절하고 예의가 바르다. 예외도 있지만 대개 아이가 어릴수록 주변의 눈치를 살피며 민감하게 대응한다. 아이가 조금만 실수를 해도 재빠르게 사과를 시키고, 또 양보하는 데도 익숙하다. 간식이나 과자를 스스럼없이 나누어주기도 한다. 그리고 그 수많은 엄마들 가운데 시호가 뛰노는 동선에 걸리는 엄마들과 잠깐씩 이야기를 나눌 기회가 생기기도 한다. 어울려 노는 아이들을 지켜보며 예전부터 알았던 사이인 양 가볍게 대화를 주고받기도 하는데, 서로의 처지를 너무나 잘 알기에 서두도 없이 대강 던진 농담도 곧바로 알아채고 웃어준다. 그러면 나는 환하게 웃는 그녀의 얼굴을 바라보며 잠시 동네 아이 엄마 친구를 만드는 건 어떤 일일까 궁금해지기도 한다. 서로의 집에서 아이 둘이 어울려 놀고, 우리는 식탁에서 커피를 마시며 느긋하게 육아의 고충을 나누는 모습을…. 시골에 계신 부모님 농사가 잘됐다며 농작물을 나누기도 하겠지. 토마토나 멜론이면 좋을 텐데.(망상이 깊어진다.) 그러다 애 둘이 싸우고 울고 우리는 말리고 또 싸우고 울고 말리고… 이제 그만 일어섰으면 하는데 누가 먼저 말을 꺼낼까 서로 타이밍을 살피는 정적의 시간들… 아 갑자기 살짝 졸립다. 잠깐 마주치는 눈빛에 혼자 관계의 생성과 피로, 소멸까지 두루 상상하는 음흉한 아이 엄마는 나뿐이지 않을까 싶지만, 아마도 다들 알고 있는 것 같다. 인간관계의 도입부는 귀찮음이고, 우리에게는 그 도입을 뚫을 에너지가 없다는 것을.

그래서 아이들이 인사를 나누고 서로 만지고 안고 깔깔대도 우리 아이 엄마들은 서로 눈을 피한 채 그저 아이만을 바라보며 어색하게 웃고 있을 뿐이다. 아무리 즐겁게 대화해도 아이들이 자리를 떠나면 각자의 아이를 따라서 이리저리 흩어질 뿐이다. 작별 인사는 없다. 내일 또 마주치면 즐겁게 인사할 수 있을 테니. 안 마주치면 어쩔 수 없고.

라이언 레이놀즈 씨의 묘책

곤충을 좋아하는 시호에게 고모가 장수풍뎅이 한 쌍을 선물로 주셨다. 시커멓고 커다란 벌레 한 쌍이 언뜻 바퀴벌레처럼 보여 처음에는 꺼림칙하기도 했다. 그러던 어느 날 포도 한 알을 넣어주자 여섯 개의 다리로 포도알을 꽉 안고 데굴거리는 걸 목격하고는 그 해맑음에 약간 반해버렸다. 새벽에 주로 일하는 나와 야행성인 녀석들의 생활 리듬이 맞아서 정작 집사인 시호보다는 나와 더 유대감이 깊어졌다. 가끔 어디로 갔는지 보이지 않아 사육통 속을 이리저리 살피다 톱밥 위로 쏙 하고 올라온, 미처 숨기지 못한 뿔을 보면 사랑스럽다. 마냥 귀엽기만 하던 녀석들이 깊은 밤 번식 행위를 하는 것을 목격했을 땐 약간 충격이기도 했지만 말이다.(나는 봤다, 장수풍뎅이의 고추를.)

그런데 한 시간에 걸친 교미 과정을 지켜보며 한 가지 의문이 생겼다. 암컷 장수풍뎅이가 쫓아오는 수컷을 피해 필사적으로 도망 다니는 게 아닌가. 동물들은 '번식'이라는 최대의 본능(이라 알려진)대로 움직이는 것이 아니었던가? 내가 무지한 것일지도 모르지만 아무튼 알고 있던 상식과 달리 암컷은 톱밥 속에서 하루 종일 쥐 죽은 듯 나오질 않았고 먹이 젤리를 먹으러 잠시 나왔을 때도 어떻게든 수컷을 피해 다니느라 여념이 없었다. 그건 누가 봐도 '싫어'였다. 남편과 나는 이 현상에 대해 진지하게 이야기를 나누기 시작했다.

"임신이라는 건 어떻게 보면 모체의 생명을 위협하는 행위잖아? 사람도 임신을 하면 뇌가 태아를 외부 물질로 받아들여 입덧을 한다고 하니까. 곤충도 번식보다 자기 생존이 더 우선인 걸 거야. 그래서 저렇게 미친 듯이 도망 다니는 거라고."

남편의 생각은 달랐다.

"릴리(암컷)는 그냥 호풍이(수컷)가 마음에 안 드는 게 아닐까? 선택권도 없이 강제로 짝이 된 거잖아."

흐음…? 조금 일리가 있는 것도 같다. 언젠가 한 마리의 암컷에게 세 마리 이상의 수컷 장수풍뎅이를 넣어주었을 때 어떤 반응을 보이는지 실험해보자며 생물학 문외한 둘의 진지한 토의는 끝을 맺었다.

내가 암컷 장수풍뎅이나 달려드는 수컷을 피해 가짜 성기를 달고 다닌다는 희귀 심해 오징어의 심정에 공감하는 것은 역시 임신 유경험자이기 때문이다. 배 속에 아기를 가져본 것은 분명히 멋진 경험이었다. 종종 임신 소식을 알리는 누군가에게 질투가 일 정도로. 그러나 한편으로는 몸이 얼마나 만만치 않은 존재인지 깨닫게 해준 경험이기도 했다.

임신과 출산은 내가 예상했던 것(심한 입덧이나 회음부 절개의 공포 같은 것)보다 훨씬 더 복잡하고 다양한 신체적 고통과 변화를 가져다주었다. 정신이, 내 의지가 몸을 통제한다는 나이브한 생각은 임신과 함께 바뀌었다. 몸은 내가 알던 것보다 훨씬 더 독립적인 존재였다. 가슴이, 허리가, 배가, 다리의 상태가 그날의 내 마음 상태를 결정했다. 건강한 생애 초년기 여성으로서 내 몸은 늘 평화로운 편이었기에 자신의 주장과 불만을 드러낼 일이 없었던 것일 뿐.(현재 내 몸의 불평은 노화와 함께 더더욱 강해지고 있다.)

임신성 당뇨, 소변줄, 모유 수유의 통증, 6개월간의 오로, 새로워진 생리와 배란통의 양상들…. 임신과 출산의 폭풍이 한차례 내 몸을 쓸고 간 뒤, 너덜너덜해진 몸을 기우려 병원 순례를 다니는 노인처럼 산부인과, 이비인후과, 정형외과, 내과, 피부과를 돌았다. 시호를 얻었으니 그 정도 고통은 지불할 가치가 있다고 생각한다. 임신을 하고 목감기에 걸린 것처럼 쉬어버린 내 목소리는 몇 년이 지난 지금도 돌아오지 않고 있지만, 마녀에게 목소리를 내어준

인어공주 같다며 사뭇 비장한 마음도 든다. 내 불만은 이걸 나만 겪는다는 데 있다. 임신을 할 수 있는 쪽이 여자니까 여자인 내가 임신을 하는 게 당연하지만 아무래도 억울하다는 생각이 드는 것이다. 어째서 자연은 여자에게만 이런 고통을 겪게 하는 거지? 어째서 남편은 재료(의 일부)만 제공하고도 완제품을 가지게 되느냔 말이다. 불공평하다는 생각이 들면 이상한 걸까. 하지만 세상에는 지구가 둥근 것이 화가 나는 사람도 있을 거라고 믿는다.

얼마 전 영화배우 라이언 레이놀즈가 티브이 쇼에 출연해, 아내는 1년간 아이를 몸속에서 키웠으니 할 일을 다 했다며 그 이후부터 키우는 건 남편의 몫이라고 이야기하는 걸 보고는 '바로 저거야!' 감탄했다. 그래, 자연의 법칙이 공평하지 않다면 인간이 할 수 있는 방법으로 보충하면 될 일 아닌가. 문명도 세운 인간인데 말이다. 한국의 실정에서는 너무 비현실적인 이야기일지도 모르지만 임신과 출산이라는 노동에 공감하고, 그만큼의 가치를 인정하는 태도는 멋지다고 생각한다.

이 이야기를 남편에게 슬쩍 던져보았더니 남편은, "하! 라이언 레이놀즈가 뭐가 멋지다고. 그 정도는 당연한 거 아냐?"라며 상당히 발끈하더니 둘째를 낳으면(계획은 없지만) 본인이 임신 기간에 대응해 1년간은 육아를 전담할 테니 너는 재롱만 보라며 굳게(강조) 약속했다.

아는 냄새

늦은 점심으로 햄버거를 주문했다. 초인종이 울리자 시호가 달려와 자기가 직접 신용카드를 건네겠다며 난리 법석이다. 워낙에 배달 음식을 자주 먹다 보니 익숙한 소란.

"내가! 내가! 내가!!" 소리치며 내 다리에 매달려 신용카드를 받아 간 시호는 배달 기사님이 오시자 언제 말 안 듣는 두 살이었냐는 듯 진지한 얼굴로 카드를 건네고 조용히 결제 과정을 지켜보았다.(기사님의 칭찬을 기다리는 눈치지만 그분들은 호락호락하지 않다.)

남편에게 포장 해체를 맡기고 잠시 작업실로 돌아가, 급하게 기사님을 맞이하느라 마무리하지 못한 파일을 저장했다. 빨리 나오라는 재촉에 대꾸하며 거실로 나서는 순간, 잠시 모든 감각이 일시 정지되면서 잊고 있었던 냄새 하나가 순식간에 떠올랐다.

1987년, 범일유치원 예쁜반 간식 시간.

둥그런 탁자에 둘러앉아 모두에게 간식이 놓이기를 기다리던 그 시간. 고소하지만 포장지 안에서 눅눅해진 게 분명한, 뭔지 모를 오늘의 간식. 그 냄새를 맡으며 두근거리고 있던 다섯 살의 나.

기억 속에 있는 줄도 몰랐던 기억이었다.

어디선가 들었는데, 사람의 뇌에 한번 입력된 기억은 절대로 사라지는 법이 없다고 한다. 아주 어렸을 때의 기억이라도 뇌 어딘가에 입력되어 있다고. 단지 그 기억으로 들어가는 입구를 잊어버릴 뿐. 영화 〈인사이드 아웃〉에서도 기억의 쓰레기장에 버려져 영원히 사라지는 줄 알았던 빙봉이 결국은 부활하지 않던가. 픽사의 작품이니 허투루 고증하지 않았을 거라며 무조건 믿고 있다 나는. 교실 안을 채운 아이들의 체취, 장난감, 크레파스와 눅눅한 기름기가 한데 뒤섞인 냄새의 조합은 그 순간의 기억을 꺼내는 데 필요한 비밀코드를 만든 뒤 뇌의 깊고 깊은 구석 어딘가로 숨어버렸다. 그리고 그날, 2015년의 여름 어느 오후에 나는 어쩌다 보니 그 비밀코드를 맞춘 것이다.

강정버거 세트 하나, 와일드쉬림프 세트 하나. 세트 하나는 사이드를 치즈스틱으로 바꾸고 하나는 감자튀김 그대로. 그리고 화이어윙 네 조각 추가. 우리 집에서 시키는 햄버거는 이 구성에서 거의 달라지지 않는다. 늘 먹던 햄버거인데 오늘은 뭐가 달랐던 걸까. 그날의 간식 시간도 오늘 같은 습도를 가진 초여름이었는지. 내 땀 냄새를 그대로 물려받은 여자아이 하나와 온갖 놀이 도구로 유치원 교실을 방불케 하는 우리 집 거실의 공기가 만들어내는 냄새의 조합이 닮았으려나.

“오… 이 냄새 나 아는 냄새”라고 남편에게 호들갑을 떨며 텔레비전 앞 탁자에 자리 잡았다. 아직 입이 작아서 햄버거를 먹지 못하는 시호는 자기 몫의 감자튀김을 앞에 놓고 발을 까딱거리고 있다. 셋이서 둘러앉아 햄버거를 먹는 초여름 거실의 냄새. 감자튀김을 오물거리며 엄마와 아빠가 조용히 자기 이야기를 나누는 목소리를 듣는 이 시간을, 32개월의 시호는 잊고 말 것이다.

그래도 기억은 절대로 사라지지 않는다(고 믿는다). 분명히 시호는 지금쯤, 삐질삐질 땀을 흘리는 쬐끄만 뒤통수 한구석에 비밀코드를 만들어두었을 거라고.

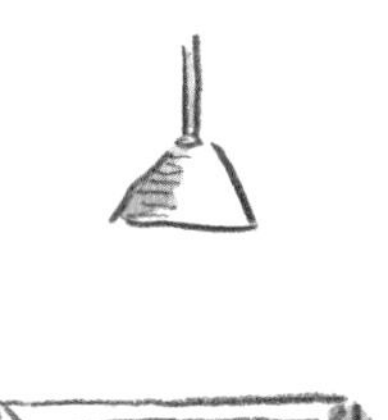

2015년 6월 10일 수요일 흐림 25.3℃

아침에 부엉이 모자가 달린 목욕 가운을 입혔더니 시호가 하는 말.
"부엉이는 부어엉 부어엉 울어. 시호는 엄마아 엄마아 울어."

메뚜기 떼 속에서 일하는 방법

아주 오래전에 일러스트레이션 잡지를 뒤적이다 일본의 그림책 작가 이와사키 치히로의 일생을 다룬 글을 읽었다. 흥미롭게 읽어나가다, 아이를 어느 정도 기른 뒤 다시 시작하는 마음으로 그림을 연습했다는 대목에서 좀 의아했다. 아이를 낳은 시점에 이미 그녀의 실력과 커리어 모두 정점이었다고 알고 있었는데 어째서 초심으로 돌아가 다시 시작했다는 거지? 스물몇 살의 혈기 왕성한 아가씨였던 나는, 육아가 여성의 일에 어떤 방식으로 얼마나 촘촘하게 영향을 주는지 미처 알지 못했다. 이제는 안다. 아이를 기르며 일한다는 것은 '이런 것'이라는걸. 나는 아이와 함께하는 삶에 감사하지만, 아이 하나가 엄마의 시간, 체력, 관심, 재산 등 가지고 있는 모든 것을 다 쓸어가는 파괴력은 거의 호주 자이언트 메뚜기급이라고 본다.

나는 메뚜기들이 얼굴을 때리며 날아다니는 벌판에 홀홀히 서서 '아이가 없던 예전처럼' 생계를 위한 일과 개인적인 창작 활동의 균형을 유지하겠다며 버텼다. 그러면서도 아이가 자라는 모습을 한 톨도 놓치지 않고 보고 싶었다. 한마디로 모든 걸 다 가지려 했다. 육아를 하더라도 여전히 창의적인 일에 관심의 끈을 놓지 않는 내가 되길 원했고, 자주는 아니더라도 예전처럼 주변을 관찰하며 아름다운 것들을 발견하고 잔뜩 자극받은 뒤 집에 돌아와 스케치북을 가득 채우는 삶이기를 바랐다.(예전에도 가득 채우지 못했으면서 나도 내가 황당하다.)

베이비시터를 잘 활용하면 가능할 거라고 믿었다. 하지만 시터 선생님이 있는 동안은 거실에서 울며 내 책상으로 달려오는 아이를 다시 돌려보내 가며 마감을 하기만도 벅찼고 아이를 재운 뒤에는 오직 소파에 드러누워 맥주 마시면서 영화를 볼 기력만 남곤 했다.

사실 영화를 보고 싶다는 욕구도 체력이 남아 있을 때의 이야기였다. 완전히 소모된 날에는 그렇게 싫어하던 시끌벅적한 예능 프로그램을 틀었다. 그냥 아무 생각 없이 웃고 싶었다. 그마저도 아이가 깨어나 중단되기 일쑤였지만. 아이는 내가 다른 생각을 하는 걸 무섭도록 빨리 눈치챘다. 떨어져 있어도, 잠들어 있어도. 아이러니하게도 나는, 아이가 나를 원하면 원할수록 그런 아이에게 점점 더 마음을 뺏기게 되었다. 어떨 때는 아이와 노는 것이 너무 행복해서 만화가 그리기 싫어지기도 했으니까.

메모를 하기 어렵다는 것도 작업에 꽤 지장을 주었다. 원고 작업이야 시터 선생님이 계실 때 시간을 정해서 할 수 있지만 아이디어는 그렇지 않으니까. 나는 만화의 모든 소재와 아이디어를 노트에 간략한 콘티 형태로 메모해두고 그걸 토대로 콘티 작업을 시작한다. 노트가 없으면 만화도 없다.

무라카미 하루키는 『직업으로서의 소설가』에서 자신은 따로 메모를 하지 않는다며, 머릿속에 엄청나게 커다란 수백 개의 서랍이 달린 장이 있어서 이미지나 생각을 담아두고 언제든 꺼내 쓸 수 있다고 하던데 나는 그 정도로 머리가 비상하지는 못하다. 뭐든 펜으로 종이에 꼬박꼬박 눌러적은 뒤 실제의 서랍에 넣어두어야 사용할 수 있다. 하지만 시호와 함께 놀다가 머릿속에 번쩍하는 게 있어 노트와 펜을 가지러 일어서면 시호는 울며불며 내 다리를 붙잡고 놓아주지 않는다. 급한 대로 에버노트라도 써보려 휴대전화를 들면 팔에 매달려 울곤 했다.

어디선가 읽은 인상적인 이야기가 있는데, 밖에서 밭을 갈다가도 영감이 떠오르면 손에 쥔 호미를 던져버리고 뒤에서 바짝 쫓아오는 무서운 폭풍을 피해 미친 사람처럼 책상 앞으로 뛰어 들어가 적어두어야 한다는 것이다. 그 폭풍의 이름은 '망각'이라고. 팔에 매달린 아이를 다시 안아주는 사이, 번쩍했던 지상 최고의 아이디어(!)는 그렇게 망각의 폭풍에 휩쓸려 사라지곤 했다. 내 생각인데, 아무리 하루키 님이라도(죄송) 삶에 메뚜기 떼가 들어온다면 머릿속 서랍

수백 개쯤은 순식간에 톱밥이 될 것 같다.

그런 와중에 마감까지 위협하는 사건이 생겼다.

아침마다 현관에서 "이모, 가!" 하고 화를 내는 시호와 그때마다 안색이 어두워지는 시터 선생님 사이에서 외줄을 타듯 매일을 보내던 때였다. 작업실 문을 닫아두면 열어달라고 울거나 문 아래쪽 틈으로 서성이는 시호의 발 그림자에 마음이 흔들려 결국은 동네 카페로 가서 일을 하게 되었다. 어느 봄날 오후, 기분 좋게 선생님과 동요 〈어린 송아지〉를 부르던 시호가 "엄마아 엄마아" 소절에서 엄마가 많이많이 생각났나 보다. 작업실 문을 두드리며 아기 소처럼 "엄마아, 엄마아" 목 놓아 울더란다. 도저히 달래지 못하겠다며 덩달아 우는 선생님의 전화를 받고 집으로 뛰어 올라온 날, 그만두겠다는 선생님을 설득하며 나는 급한 마음에 황당한 제안을 하고 말았다. 작업실 문을 열어두고 일하면서 시호가 엄마를 보고 싶어 할 때 내가 직접 달랜 다음 다시 거실로 보내겠다고. 엄마가 일하는 모습이 보이면 시호가 덜 불안해할 거라는, 정말 일차원적인 임기응변식 해결책이었지만 새 선생님을 구해 또다시 적응하는 것보다는 낫다고 생각했다. 한편으로는 무슨 오기였는지, 내가 어떤 극한의 상황에서까지 집중해서 일할 수 있을지 시험해보고 싶기도 했다.

인간이란 참 놀랍다. 아이를 낳기 전에는 시간의 양, 공간의 쾌적성 등 모든 조건이 최상인 상태에서도 하지 못했던 일들을 해야만 하는 상황이 되니 하게 되었다. 언젠가 텔레비전 프로에서 철새 떼를 세는 조사원을 본 일이 있다. 조사원 아저씨는 빠르게 이동 중인 수백 마리의 철새들을 눈으로 슬쩍 보고는 식탁 위에 놓인 사과를 세듯 한 번에 셌다. 결과는 방송 스태프가 촬영 화면을 정지시킨 다음 손으로 짚어가며 한참을 센 것과 정확히 같았다. 몇 번을 해도 마찬가지였다. 조사원 아저씨는 별거 아니라는 듯 쑥스러워하며 설명했다. 보통의 인간이 한 번에 눈으로 셀 수 있는 개수가 네다섯 개 단위인데 훈련을 반복하면 그 단위가 늘어난다고.

나는 약간 철새를 세는 아저씨의 마음으로 임했다. 그랬더니 이럴 수가!

의자에 매달린 시호의 울음소리와 대화 요구에 응하는 동시에 일에 몰입해 있는 상태를 깨지 않는, 엄마 의식과 마감러 의식이 동시에 운용되는 경험을 하게 된 것이다. 물론 양쪽으로 의식이 분리되었기 때문에 둘 다 퀄리티가 좀 낮아지는 단점이 있기는 했지만 꽤 쓸 만했다! 폭발 직전의 상태를 잔잔하게 유지하면서, 국수 삶는 물이 넘치기 직전 찬물 한 번씩 부어가며 달래는 그런 느낌이랄까. 그렇게 훈련에 훈련을 거듭해 음악 소리만 들려도 일을 못 했던 초허약한 집중력의 내가, 키즈 카페에서 애들이 초고주파 소리를 내며 소파 위를 넘어 다녀도 꿋꿋이 콘티를 짤 수 있는 초능력까지 얻게 된 것이다. 어디서든 일할 수 있는 몸, 내가 있는 곳이 곧 웜홀이니라.

시간은 흘러 흘러 두 살이 된 시호는 이제 엄마가 일하는 동안 작업실 문은 닫혀 있다는 걸 받아들인 듯하다.(물론 시터 선생님도 좀 더 강인한 멘탈을 가진 분으로 모셨다.) 머리가 좋아진 만큼 나름의 전략을 세워 "엄마가 제일 좋아! 엄마를 제일 사앙해!" 선언하면서 작업실로 들이닥치고 있지만, 곧 기다릴 줄 아는 예의 바른 메뚜기가 될 날도 멀지 않은 것 같다.

• • • 키즈 카페 웜홀 소환 초능력은 혼자 일할 수 있는 시간이 늘어나자 아쉽게도 자연 소멸되었다.

2015년 8월 7일 금요일 폭폭폭염에 소나기 최고 기온 34.4°C

키즈 카페에서 돌아오는 길에 엄청난 소나기가 내려서 남편이 마중 나왔다. 도저히 비를 뚫을 수가 없어서 가까운 건물 로비로 대피. 엄청난 빗소리로 도리어 조용해진 세상을 셋이서 한참 지켜보았다. 잠시 빗줄기가 가늘어진 틈을 타 남편이 시호를 안고 나는 유모차를 들고 집으로 돌진했다. 걸어가며 뒤돌아봤더니 우산 속에서 둘이 열심히 뽀뽀하고 있었다.

이 아이는 사교적인 아이로 자랄 거예요

남편의 후배 ㄴ 씨가 집에 오는 날.

ㄴ 씨는 게임 회사에서 일하는 20대 후반의 아가씨로 일주일에 한 번 남편에게 3D그래픽 과외를 받고 있다. 샴푸 냄새를 풍기는 산뜻한 언니에게 잘 보이고 싶었는지 "언니, 언니" 부르며 주변을 맴돌다 자기 장난감을 하나씩 가져다준다.

"시호는 목소리가 참 귀엽네."

ㄴ 씨의 칭찬에 시호는 갑자기 평소보다 목소리를 한 톤 더 간드러지게 바꿨다. '좀 더 강하게 어필하겠다'는 판단을 했다는 게 웃겨서 남편과 시선을 교환하며 깔깔 웃었다. 시호는 파워업한 목소리로 "언니이" 하며 몸을 배배 꼬더니 양손으로 ㄴ 씨의 볼을 붙잡고 뽀뽀까지 한다. 맙소사.

컴퓨터를 정리하다가 임신 초기에 봤던 EBS 〈아기성장보고서〉라는 다큐멘터리를 다시 보게 되었다. 아기에 대해 짐작만 하던 때와는 와닿는 농도가 달랐는데, 가장 인상적인 건 아기가 선천적으로 타고난다는 기질에 관한 내용이었다. 백일쯤 된 아기의 외부 자극에 따른 반응을 촬영한 비디오를 보며 백발의 외국인 노박사가 설명한다. 자극에 대한 반응은 아기마다 천차만별로, 어떤 아기는 낯선 인형을 눈앞에 흔들어주면 울기도 하고 또 어떤 아기는 팔다리를 쭉쭉 뻗으며 몸을 들썩이기도 한다고. 박사가 지켜보고 있는 비디오 속의 아기는 간호사들이 흔드는 딸랑이를 그저 멀뚱멀뚱 쳐다보기만 했다. 울지도 않고 팔다리를 들썩이는 일도 없다. 눈은 딸랑이를 좇아 움직이지만 표정은 '뭐지 이건?'이다. 그맘때의 시호와 반응이 똑같아서 유심히 보았다. 뒤이어 박사가 설명했다.

"반응이 적다는 건 수줍음이 적다는 것을 의미해요. 이 아이는 사교적인 아이로 자랄 거예요."

박사의 예언(?)대로 시호는 사교적인 아이로 자랐다. 행동발달과학이 이렇게나 정확한 것이라니. 사실 시호에게 사교적이라는 말은 좀 부족하다. 태어난 순간에도 거의 울지 않은 데다 어떤 장난감에도 늘 멀뚱대기만 해 초보 부모를 걱정시키던 시호는 백일 이후 잠깐의

낯가림 시기를 거친 후 폭발적으로 인간에게 관심을 보이기 시작했다. 아기띠로 안고 집 밖을 나가면 걸어 다니는 존재 모두에게 고개를 뻗으려 애를 썼다. 빛을 쫓아 움직이는 식물처럼. 한번은 지하철 노약자석에 앉았더니 지금까지 발달시킨 본인의 목 힘을 최대치로 써서 왼쪽에 앉은 할아버지와 오른쪽에 앉은 할아버지의 얼굴을 20분도 넘게 번갈아 가며 구경하는데, 민망하기도 하고 혹시나 목이 꺾일까 걱정이 되기도 해 슬쩍 일어나 다른 곳으로 이동한 일도 있었다.

처음 백화점 아동 코너에 올라섰을 때 딸아이의 표정은 잊지 못할 것 같다. 자신과 똑같은 '작은 사람들'의 존재를 발견한 그 환희로 가득 찬 얼굴을.

두 돌이 지나 능숙한 대화법을 익힌 시호는 좀 더 적극적으로 사람에게 다가설 수 있게 되었다. 돌 무렵 "핫파 해!(하이파이브 해!)"로 표현하던 호감 표현은 두 살인 지금 "언니는 무슨 색깔 좋아해?"로 발전했다. 이렇게 사람을 궁금해하고 스스럼없이 다가서는 경향이 이 나이 또래 아이들 보편의 것인지 시호의 오리지널리티인지 판단하는 데는 조금 시간이 걸렸는데, 놀이터 생활을 시작하면서 곧 알게 되었다. 이 정도로 '나서는' 애들은 정말 흔하지 않다는걸. 시호는 엄마 다리 뒤에 숨는 아이가 아니었다. 여자애를 키우는 것은 새침함과 수줍음, 잘

삐침과의 싸움일 거라 생각했었다. 나의 선입견을 깨준 시호의 이런 자신감이 좋다.(새침하고 수줍어하는 아이였다면 그 새침함을 사랑하게 되었을 테지만.)

날씨가 선선해지면서 시호와 나는 매일 놀이터로 출근한다. 시호는 놀이터로 출발하면 100미터 앞에서부터 "친구들아 내가 간다!"라고 선전포고(?)를 한다. 놀이터에 들어서면 "친구들아 안녕!" 하고 모두에게 인사한다. 아무도 받아주지 않아도 몇 번이고 인사한다. 인사하기와 점프는 이 아이의 소울이다. 딸아이 덕분에 나와 남편은 자신의 유년기를 모조리 돌아보고 있다. 이렇게 애교 넘치는 녀석이 우리처럼 시큰둥한 어른으로 자란다니 믿을 수가 없어서다.

너의 보호자

그네에 시호를 앉히려는데 남자애 하나가 달려와 휙 앉아버렸다. 몇 번 본 적이 있는 아이였다. 당황하는 시호에게 "오빠 먼저 타라고 양보하자. 시호는 좀 있다 타자"라고 말하고 비켜주었다. 느린 아이라는 걸 짐작하고 있었지만 확실치가 않아 실랑이하기가 껄끄러웠다. 그 아이 엄마가 내게 좋은 인상으로 남아 있어서, 자기 아이가 어른에게 지적받는 걸 보고 상처받지는 않을까 지레 걱정한 탓도 있었다. 집에 돌아와서는 그 일이 내내 시호에게 미안했다. 공정하지 못했다. 남에게 폐를 끼치는 행동은 안 된다고 엄하게 가르치면서, 반대의 경우 제대로 요구하는 법을 가르치지 못했다는 생각이 들었다. 그 아이에 대한 내 편견도 뜨끔했다.

"차례대로 타는 거야."

그거면 충분했을 텐데. 그래도 막무가내였다면 그때 시호에게 따로 설명할 수도 있었을 것이다. 오래 기다린 내가 왜 그네를 양보해야 하는지 몰라 시호는 혼란스러웠을 것이다.

놀이터에서, 공원에서 시호가 아이들 사이에 섞이는 일이 많아지면서 사소한 다툼이 자주 일어난다. 모든 상황이 명료하다면 사과하고 사과 받고 끝내면 될 일이지만 애매하고 찜찜한 일이 대부분이다. 얼마 전 키즈 카페에서도 그랬다. 붕붕카 하나를 두고 아이 둘, 엄마 둘의 신경전이 팽팽했다. 상대는 붕붕카를 '잠시만 놔두고' 다른 놀잇감을 찾아간 것이었고 우리는 '아무도 가지고 놀지 않는' 붕붕카를 탄 것이었다. 별안간 다른 데서 놀던 아이가 돌아와 자기 붕붕카라고 울기 시작하는 게 안쓰러워 "그럼 언니 한 바퀴만 돌고 와서 양보해줄게" 하고 급하게 밀고 가는 내 뒤로 그 아이 엄마가 들으란 듯 큰 소리로 말했다.

"언니가 뺏어 갔어? 언니가 우리 ○○ 건지 몰랐나 보네?"

아니 키즈 카페 장난감에 자기 소유가 어디 있단 말인가! 놓고 떠났으면 끝이지!

2미터도 채 가보지 못하고 동생에게 다시 돌려주자고 하니 시호도 울고불고 난리가 났다. 조용한 구석으로 데려가 여기 있는 장난감들은 다 같이 사이좋게 가지고 노는 거라고 설득하면서도 이게 공정한가 싶었다. 상황은 '무마'되었지만 마음은 무거웠다. 시호가 잘못한 게 아니라고, 동생이라 몰라서 그런 거니 시호가 이해해주자고 말하는 게 더 낫지 않았을까. 아니면 시호가 뺏은 게 아니라고 그 아이 엄마에게 말했어야 했을까. 한마디도 제대로 못 한 내가 답답했다. 어디서든 호인이 되려 하는 못난 엄마 때문에 시호가 속상한 일이 생긴다. 아이는 종종 부모가 나를 지켜줄 만큼 강한 존재인지 시험해본다고 하는데, 나는 테스트에 통과했을까.

어릴 적 내가 억울하게 옆집 아줌마에게 맞고 오자, 동네 사람들이 보든 말든 머리끄덩이를 붙잡고 굴러다니며 싸우던 엄마의 모습이 충격과 감격으로 남아 있다. 뭐든 좋게 해결하라던, 내가 아무리 다른 친구에게 괴롭힘을 당해도 알아서 해결하라던 엄마였다. 남 얘기를 하는 것도 남의 입에 오르내리는 것도 질색하던 묵묵한 우리 엄마. 날 위해 엄마가 누군가와 싸운 것은 내가 기억하는 한 그날이 처음이자 마지막이었다.

집에 돌아온 시호는 내 무릎에 앉아 무슨 일이 있었냐는 듯 연신 몸을 부비며 까불거린다. 그러다 갑자기 휙, 목이 꺾이도록 고개를 젖혀 내 얼굴을 빤히 바라본다. 가끔 시호는 안겨 있으면서도 그렇게 엄마가 뒤에 있다는 걸 확인하곤 한다.

그 얼굴을 보면서 생각한다. 너를 보호하기 위해 무엇이든 하고 싶다고. 인생에 한 번쯤은 누군가의 머리끄덩이를 잡아챌 수 있는 엄마가 되고 싶다고.

2015년 9월 27일 일요일 맑음 21.9°C

모서리 보호대도, 매트도 없는 시댁에서 뜨거운 팬에 시호가 다칠까 이리 쫓아
다니고 저리 쫓아다니는 우리를 보던 시어머니가 문득 그러신다.
시호 아빠 세 살 땐 버스로 한 정거장 떨어진 시장까지 심부름을 보냈었는데,
내가 미쳤던 것 같다고. 곧 세 살이 되는 손녀를 보고 있으니 이렇게 조그만
아이였구나 싶어 후회하시는 거였다. 칠순이 넘으신 시어머님이 30년 전
육아의 실수에 자책한다는 게 꽤 인상 깊어 서울로 돌아와서도 내내 떠올렸다.
나도 일흔 살에 후회할 실수들이 가득이다.
나중에 시호가 어른이 되면 꼭 사과하고 싶은 일도 있다.

어른 노릇

광주 큰아버지 댁에 도착해 현관으로 캐리어를 옮기고 있는데 까맣게 그을린 다섯 살 꼬마애가 쪼르르 나와서 쳐다본다. 세상에 그 애기가 이렇게 큰 거야? 시간 정말 빠르다 싶어 놀라고 있는데 그 뒤로 아이돌같이 훤칠한 여자애가 나와서 인사한다. 잰 또 누구…? 잠깐 당황한 채 머리를 굴렸다. 마지막으로 큰아버지 댁에 방문한 게 그러고 보니 5년도 훌쩍 넘은 것이다. 내가 많이 컸다고 착각한 그 아이는 지금 중학교 2학년이고 친구 집에 놀러 갔다고 사촌 올케가 말해주었다. 훤칠한 여자애는 둘째 딸이고 초등학교 5학년, 가장 먼저 달려 나온 다섯 살 꼬마가 막내딸이란다. 허 참. 이 아이들은 사촌 오빠의 딸들이다. 나는 이 애들의 당고모쯤 된다.

1년에 한 번 있는 울산 김씨 총제사(정확한 명칭은 모른다. 시골에 있는 울산 김씨들이 가족납골묘에 모여 조상들 제사를 치르는 날이다)에 참석하기 위해 몇 년 만에 큰아버지 댁에 왔다. 큰아버지는 돌아가셨고 이제 이곳에는 큰고모와 함께 사촌 큰오빠 가족이 살고 있지만 나에겐 여전히 큰아버지 댁이다. 어릴 때는 1년에 두 번씩 이곳에서 명절을 보냈다. 여기서 군고구마를 처음 먹어보았고 쥐불놀이란 것도 해보았다. 소똥 냄새도 마른 짚이 타는 냄새도 이곳에서 알게 되었다. 내 유년기 추억의 장소에 일부러 딸아이를 데려온 것이다. 사촌 조카들이 많으니 내가 어렸을 때처럼 시호와도 잘 어울려 놀 거라고 생각했다. 하지만 내 욕심과 달리 다섯 살, 열 살 여자애들은 나에게도 두 살 시호에게도 별 관심을 두지 않고 텔레비전만 보았다. 몇 마디 걸어보려다 그만두었다. 이 애들에게 나는 그저 귀찮은 친척 어른일 뿐인 것이다. 그래그래 이해한단다. 센스 있는 친척 어른이 되기 위해 소파 한구석에 앉아 온화한 얼굴로 찌그러져 있었다.

저녁에는 온 가족이 다 같이 근처 리조트로 이동했다. 큰아버지 댁에서 잘 거라고 생각했는데 내가 시호와 남편까지 데려온다고 하니 불편할 거라 생각했는지 사촌 오빠가 미리 예약해두었다고 한다. 비싸고 번거로울 텐데 감사하기도 하고 미안하기도 해서 어쩔 줄을 몰랐다. 돈을 좀 드려야 할까. 결혼하고 나서 큰아버지 댁에 올 때면 나는 늘 어쩔 줄을 몰랐다. 어떤 태도를 취해야 하는 건지. 결혼까지 한 마당에 엄마 아빠를 따라온 딸처럼 철없이 행동할 수도 없고, 그렇다고 어른들의 결정에 일일이 끼어들기도 민망하다. 시댁에 있을 때처럼 설거지만 열심히 할 뿐이다. 리조트에 도착하자마자 조카들이 수영장에 가겠다고 했다. 내키지 않았지만 튀기도 싫어서 그러자고 했는데 조카들'만' 가는 거였다. 사촌 오빠와 올케는 당연한 듯 따라오지 않았다. 아이가 다섯 살, 열 살쯤 되면 혼자 수영장에도 보낼 수 있는 거구나 생각하며 시호를 챙기면서 내려가는데 수영장으로 가는 길이 헷갈리기 시작하자 분위기가 이상해졌다. 아이들이… 나를 의지하기 시작한 것이다.

"어느 쪽으로 내려가야 해요?"라고 묻는 아이들의 똘망똘망한 눈을 보며 뒤통수가 서늘해졌다.

아차… 이 아이들에게 나는 어른이구나. 어른이라는 것만으로 나를 믿는 거구나. 아이 셋과 수영장에 간다는 것이 아이 셋을 돌봐야 하는 일이라는 걸 그제야 자각하다니 난 정말 어처구니없을 정도로 한심하다. 나를 믿은 것인가 사촌 올케여.

"이쪽인 것 같은데"라며 두리번대는 나를 아이들이 못 믿겠다는 얼굴로 따라온다. 걷는 폼이 불신으로 가득 차 있다. 오직 내 딸 시호만이 천 퍼센트의 믿음으로 의심도 없이 나를 따라

씩씩하게 걸어온다.

중학교 때의 지도자 캠프가 생각났다. 미래를 이끌 청소년 지도자의 리더십 향상 프로그램에 참여하기 위해 부산의 모든 중학교, 모든 반 반장들이 금련산 청소년 수련원에 모였던 그 여름. 뭐든 귀찮아하던 체육 교사 담임은, 내가 손을 가장 빠르게 들었다는 이유로 반장도 부반장도 아닌 비천한 총무의 신분을 가진 나를 그곳에 입성시켰다. 그 시절 나는 적극적이고 발표도 잘하는 아이였다. 수련원에 도착한 첫날 밤 조별 조장을 정할 때도 잽싸게 손을 들었다. 나 말고는 아무도 손을 들지 않아 내가 조장이 됐다. 하지만 그다음 날부터 나는 빠르게 나 자신을 알아갔다. 나에게 남을 리드할 만한 재능 따위는 눈곱만큼도 없다는 것을.

리더십 향상 캠프라니. 나에겐 향상시킬 리더십 자체가 없었다. 손을 빨리 드는 게 재능이었던 것이다. 나는 매일매일 조원들을 실망시켜 나갔다. 정말 불행했다. 마지막 날 낮에는 지도를 보며 산속에서 길을 찾는 수행 과제가 주어졌다. 조원들은 지도를 들고 있는 리더, 즉 조장을 따라올 뿐이다. 지금도 잊지 못한다. 눈앞의 수풀들, 내 뒤의 불신의 눈들을. 그 여름 이후 나는 좀 변했다. 더 이상 열심히 손을 들지 않게 되었다. 병풍의 삶에 조금씩 눈을 뜬 것이다. 삶의 방향성을 일찌감치 깨닫게 해준 지도자 캠프는 괴로웠지만 유익했다.

수영장 프런트에 무사히 도착했다. 휴우.

계산할 준비를 하며 요금표를 본 순간 다시 한 번 뒤통수가 서늘해졌다. '1인 18,000원, 36개월 이하는 증빙서류 제출 시 무료.' 증빙서류 같은 건 당연히 없다.

"7만 2,000원입니다."

나는 만 원을 들고 왔다…. 가족 리조트 같은 곳은 처음이다. 수영장이 추가로 돈을 내야 하는지도, 이렇게 비쌀지도 전혀 예상하지 못했다. 나는 그런 것도 예상 못 하는 어른인 것이다. 지갑을 들고 가야 하지 않느냐고 묻는데, "아 그래요? 이 정도면 되겠지~"라며 만 원짜리 한 장을 빼 가는 나를 보며 사촌 올케는 무슨 생각을 했던 걸까. 왜 더 말해주지 않았던 것인가. 분명히 설마라고 생각했을 것이다. 신용카드를 챙긴 사람의 여유일 거라고.

다행히도 온천에 가려고 뒤따라온 사촌 오빠가 요금을 계산해주었다. 허둥대며 서 있는 나를 아이들이 쳐다본다. 아아, 저 눈… 또 실망하고 있다! "다정했던 사람이여 나를 잊었나~ 벌써 나를 잊어버렸나~" 노영심의 〈그리움만 쌓이네〉가 머릿속에 울려 퍼진다. 조장으로 선출된 후 조원들 앞에서 불렀던 노래다.

수영장 안에서도 아이들은 일일이 나에게 실망해나갔다. 아이의 실망한 표정을 보는 것은 정말로 괴롭다. 정말 몹쓸 인간이 되어버리는 기분이다.

“수영 모자 써야 되는 거예요? 캡 모자는 안 돼요? 아까 저 아저씨가 안 된대요.”

“으응. 글쎄… 그냥 모자만 써도 되지 않나…. 한번 물어볼까?”

“모자 착용하셔야 입수하실 수 있습니다.”

“예, 죄송합니다….”

“….”

“저기 고모… 좀 잡아주세요. 발 안 닿는 데까지 가고 싶어요.”

“으응… 근데 그럼 시호가 혼자 있어야 되는데… 잠깐만 그럼… 시호야 잠깐만 여기서, 어 안 돼 안 돼!! 푸헉푸학학.”

“….”

“고모, 튜브 타고 싶어요.”

시호 손과 다섯 살 막내 손을 잡고 물어물어 대여하는 곳을 찾았다. 어른 튜브밖에 없지만 그럭저럭 매달려서 놀 수 있겠지? 이건 성공이다.

"튜브가 커서 자꾸 미끄러져요."

"…."

최선을 다했지만 조카들의 요구를 무엇 하나 만족시키지 못한 채 방으로 올라왔다. 아이 세 명을 챙기는 일이 얼마나 힘든 일인지 이 꼬마들은 조금도 알지 못한다. 막내는 수영 모자가 없어졌다며 나에게 의심의 눈길을 보내더니, 우리 방 화장실에는 없다는 내 말을 믿지 않고 기어이 들어와서 확인하고 나갔다.

아직 큰아버지가 청년이었을 때, 화장대에 놓인 큰고모의 향수를 훔친 적이 있다. 화장품이 많으니까 하나쯤 없어져도 모를 거라는, 딱 아이다운 생각이었다. 다음 날 차례를 마치고 툇마루에서 마주친 큰고모가 나에게 향수 못 봤냐고 물어보셨다. 못 봤다고 대답하는 나에게 알았다고 하고는 다시 차례상을 치우러 들어가셨다. 우리가 집으로 돌아갈 때도, 다음 명절 때도 큰고모는 웃어주셨다. 어른이란 그런 것이려나.

아이들은 그날 밤 '서울에서 온 만화 그리는 고모'에게 가졌던 약간의 호기심까지도 거두어버렸다. 애들은 역시 용돈이지! 라며 호기롭게 건넨 만 원짜리 몇 장에도 시큰둥했다. 어쩔 수 없는 일이다. 세상에는 이런 어설픈 어른도 존재한다는 것을 알고 긴장하기를 바란다,

얘들아.

다음 날 큰아버지 댁을 떠나며 큰고모에게 처음으로 용돈을 드렸다. 편지도 함께 넣었다.

“큰고모, 어렸을 때 저에게 따뜻하게 대해주셔서 고맙습니다.”

큰고모는 그런 인사를 받을 자격이 있다. 마지못해 나와서 인사하는 아이들에게도 다시 보자며 웃어주었다. 이런 게 어른이려나.

어른 노릇은 어렵다, 참.

아기 생쥐와 즐거운 사진 수업

태어난 순간부터 시호의 시야 안에 늘 존재하는 게 엄마 말고도 또 있다면 카메라일 거다. 늘 보는 물건이라 풍경처럼 여겨져서인지는 몰라도 엄마가 하루에 수십 번을 붙들고 요리조리 움직이는 시커먼 물체에 시호는 크게 관심을 보이지 않았다. 그러다 20개월 즈음, 드디어 카메라로 찍은 자신의 모습을 확인시켜 달라거나 자기도 조작 버튼을 눌러보겠다며 강하게 요구하기 시작했다.

사실 그동안은 시호가 종종 카메라에 관심을 보이는 것 같으면 은근슬쩍 주의를 딴 곳으로 돌려왔지만, 이제는 시호도 조작 버튼을 컨트롤할 능력 및 렌즈에 지문을 묻히지 않을 능력, 그리고 카메라를 떨어뜨리지 않을 능력을 충분히 갖추었다 싶어 캐비닛에서 20대 때

썼던 오래된 디지털카메라를 꺼내 찬찬히 사용법을 알려주었다. 시호는 나의 찬찬한 설명이 머쓱해질 정도로 사용법을 금세 습득했다.

처음에는 조그만 손에 비해 카메라가 무거운지 제대로 들지 못해서 엄마의 발가락, 방바닥, 엄마의 머리가 어렴풋이 보이는 천장 사진(아예 누워서 찍은 모양)이 주로 메모리카드에 남겨져 있었다. 그러다 두 돌이 지나 손에 힘이 생기고 포커스를 제법 맞추게 되면서는, 운이 좋으면 인생에 남길 만한 우리 부부의 사진을 찍어주기도 했다. 커플 사진을 찍어주는 사람이 집 안에 생기다니.

언젠가부터 종종 시호는 잠자는 나를 찍는다. 어느 날 오후 일과를 보내다 문득 아침에 들었던 카메라 소리가 꿈이었나 싶어 확인해봤더니, 세상모르고 잠들어 있는 내 사진이 몇 장이나 남겨져 있었다. 시호가 보는 엄마의 잠든 얼굴은 이렇구나. 처음 보는 내 얼굴을 남의 얼굴 보듯 한참을 구경했다. 내 사진을 넘기고 나니 집 안 풍경이 이어졌다. 아침 해가 들어오는 창틀과 천장의 몰딩(흔들렸다), 구겨진 이불 귀퉁이(역시 흔들렸다), 옷걸이들과 여름 원피스들(핀트가 나갔다), 침대와 바닥에 널브러져 있는 그림책들과 시호 발가락(볼록한 배와 카메라 끈도 함께 찍혔다), 그리고 뭘 찍은 건지 알기 힘든 마구 휘어 갈긴 빛과 색깔들 수십 장. 아직 엄마가 일어나지 않은 집 안의 인상과 그걸 찍으려던 시행착오가 모두 카메라에 남겨져 있었다. 시호도 찍고 싶은 걸 찍고 있는 거구나. 산책을 하거나 차를 타고 이동할 때 "시호야 저것 봐, 구름 좀 봐, 한강이야, 연등이다! 에이 지나가버렸어"라며 엄마가 발견한 것들을 보라고 고개를 돌리게 하는 걸 좀 줄여야겠다 싶었다. 알아서 확실히 보고 있으니까 말이다.

어느새 카메라 메모리카드를 확인해 시호가 남긴 흔적들을 보는 일은 나에게 작은 즐거움이 되었다. 꼭 생쥐가 찍은 사진처럼, 낯설어 보이는 집 구석구석의 삐뚤빼뚤한 풍경들에 시호의 작은 몸집이 떠올라 웃기고 애틋해지곤 한다. 언젠가 시호의 사진에 수평이 생기면 조금은 슬플 테지.

시호와 가까운 미술관으로 나들이를 나갔다. 평소처럼 디지털카메라를 챙기려다 빛이 좋아 필름카메라로 바꿨다. 오늘은 필름카메라에 대해 알려줘야지. 예상대로 시호는 내 비장의 콘탁스 T3를 꺼내자 연신 "시호도, 시호도—" 하며 손을 뻗는다. 우선은 조그만 뷰파인더를 들여다보는 법과 셔터 누르는 법을 차근차근 알려줬는데 전혀 듣지 않고 어서 카메라를 내놓으라며 조른다. 그래도 엄마가 한쪽 눈을 찡긋 감는 건 유심히 봐두었는지 제법 사진사의 자세가 나온다. 한쪽 눈만 감는 법을 몰라 두 눈 다 찡그리고 있을 뿐이지만.

"엄마 한번 찍어볼래?"

시호가 카메라를 들고 진지한 몸짓으로 이리저리 움직이면 나도 재빨리 자리를 잡고 시호를 쳐다본다. 시호가 사진을 찍어줄 때 짓는 내 표정은, 다른 사람이 찍어줄 때와는 좀 다른 얼굴이 된다. 아주 부드럽고 아주 즐겁게 웃는다. 사진에 남겨진 내 얼굴도 언제나 (거의) 마음에 든다. 자연스럽게 웃어보려다 실패하고 마는 내 사진이 나는 늘 싫었다. 왜일까. 왜 어색함을 느끼지 못하는 걸까. 시호에게 다시 한 번 셔터 위치를 알려주고 카메라 앞에 섰을 때 깨달았다. 나는 카메라를 향해 웃는 게 아니라 시호를 향해 웃기 시작했다. 사진을 찍는 시호가 귀여워서 마구 웃었다. 누구의 카메라 앞에서도 나는 그렇게 웃을 수가 없는 것이다.

아이가 있는 삶은 어떤가요

아이가 없는 사람과 만나면 으레 "육아 너무 힘드시죠?"를 안부 인사처럼 듣는 것 같다. 생각해보면 내가 어릴 적에는 육아의 기쁨을 축하하는 인사가 더 많았던 것 같은데 나이가 들어 주변 연령이 높아져서 그런지 아니면 내가 모르는 새 인사말의 유행이 바뀐 것인지 모르겠다. 어느 쪽이 딱히 더 좋거나 나쁠 것도 없어서 나는 나대로, 육아의 힘듦을 강조하는 인사에는 힘들지만 재밌다고, 육아의 기쁨을 강조하는 인사에는 즐겁지만 힘들다며 확답포비아답게 두루뭉술 황희 정승 스타일로 넘어가곤 한다.

사실 나는 아이가 없는 사람에게는 그다지 솔직하지 못하다. 짐작할 수는 있어도 정말로 같은 일을 경험하고 있는 사람이 아니면 전달되기 어려운 부분이 있다고 생각하기 때문이다.

나 혼자 흥분해서 떠들어봤자 둘 중 한 사람만 취한 술자리 같을 거 아닌가.(그래서 종종 누군가 육아에 대해 입바른 소리를 하면 실제로 아이를 기르고 있는 사람인지 확인해보는 옹졸한 짓도 한다.)

하지만 얼마 전 기혼자와 함께한 식사 자리에서는 웬일로 깊고 긴 고민을 해야 했다. 진실을 말할지 두루뭉술 전략으로 넘어갈지를 말이다.

그녀는 부부 둘만의 삶에도 만족하고 있지만 아이에 관해서는 아직 고민 중이라며, 아델이 아들을 낳은 후 큰 영감을 얻었다는 인터뷰를 언급하며 육아 생활을 궁금해했다. 아이 계획이 없다면 슬쩍 넘길 화제였을 텐데, 고민하고 있다고 하니 어쩐지 내가 뭐라도 판단에 도움이 되어야 한다는 사명감에 식은땀이 났다. 내게 아이가 없었을 때, 아이가 있는 창작자의 일상이 어떤 것인지 짐작해보려 했던 일이 떠올라 가능하면 힌트를 주려 노력했지만 끝내 적당한 말을 찾지 못했다. 그냥 담백하게 내 경험만을 이야기하면 될 텐데, 혹시나 내 이야기가 그녀의 선택에 결정적인 추라도 될 것처럼 신중해진 탓이었다. 결국 뮤지션인 그녀를 위해 출산을 하고 난 뒤 목소리가 변할 수도 있다는 실용적인 조언을 하는 것으로 대화를 끝맺었다.

"아이가 있는 삶은 어떤가요?"

제대로 매듭짓지 못한 질문이 머릿속을 떠다닌다. 행복한가? 맞아, 행복하다. 지금까지의 인생에서 이런 폭발적인 행복감은 겪어본 일이 없다. 너무 행복해서 행복이 명치를 죽일 듯 때리는 그런 공격적인 행복. 훌륭한 성인도 대단히 선하지도 않은 그저 평범한 내가 자식을 낳았다는 것만으로 이런 기쁨을 가지다니 공정하지 않다는 생각이 드는 행복. 그래서 꼭 남의 것을 훔쳐온 것처럼 불안한, 내 수준에는 식사 후 먹는 마카롱 두 개 정도의 행복이 적당할지도 모른다는 생각이 드는 행복. 창작과 성취의 건실하고 은은한 행복과는 확실히 결이 다르다.

하지만 힘든 점은 또 어떤가. 어느 강도의 괴로움으로 표현하는 것이 정확할까. 아이를 사랑하는 것과 육아의 괴로움은 별개라는 걸 알지만 내 격렬한 표현이 자칫 그 경계를 덮어버리지는 않을까.

정말로 솔직히 말한다면, 인간이 임신, 출산, 육아의 괴로움을 미리 겪어볼 수 있었다면 인류는 지속되지 못했을 것 같다는 생각이 든다. 하지만 공평하게도 자식을 낳고 기르는 행복 역시 미리 겪어볼 수 없다. 결국 불확실하기에 사람은 백지에 점을 찍는 것이고, 확신이란 저지른 뒤에야 드는 것 아닐까. 나는 그녀에게 어떤 확답도 줄 수 없을 것이다. 그녀도 그걸 바란 건 아니겠지만 말이다.(하지만 육아는 최소 두 사람의 에너지가 필요하다는 것만은 꼭 전하고 싶다. 최소다.)

얼마 전 읽은 책에 인용된 프로이트의 글이 인상 깊었다. 요점만 옮기자면 세상과 자신에 대한 진실의 눈이 날카로운 사람은 종의 보존이라는 목적에 기여하지 못한다는 것이다. 임신, 출산, 육아의 괴로움을 직접 겪지 않고도 진실을 간파하는 난 사람이 있긴 한가 보다. 그래서 적당히 낙관적인 쪽이 미래에 대한 환상으로 종의 보존에 더 기여한다는 꽤 그럴듯한 이야기였다. 불확실한 미래 앞에서, 낙관적인 쪽은 아이를 낳고 진실을 보는 자(!)는 그러지 않는다라….

아이를 갖기로 결심하기 전, 남편과 〈우리 아이가 달라졌어요〉를 보며 우리 자식은 저렇게 떼를 쓰지 않을 거라며 서로를 다독였던 것이 과연 '적당한' 낙관이었는지는 다소 의문스럽지만 아무튼 우리는 아이가 있는 삶에 점을 찍기로 했다.

집에 도착하니 시호는 아빠와 함께 잠들어 있었다. 뭘 하다 잠들었는지 잡동사니가 잔뜩 들어 있는 비닐 지퍼백이 이마 옆에 놓여 있었다. 부스럭대는 소리에 깬 시호는 언제 잠들었냐는 듯 또랑또랑한 목소리로 "엄마랑 이거 가지고 소풍 갈 거예요" 선언한 뒤 다시 쓰러졌다.

어제와 오늘, 비가 오는 바람에 약속했던 소풍을 가지 못한 걸 시호는 잊지 않았다. 뽀로로 그림이 인쇄된 지퍼백 속에는 블록 조각과 거품기와 테이프를 칭칭 감은 색종이 같은, 나로서는 전혀 용도를 짐작할 수 없는 시호만의 소풍 준비물이 잔뜩 들어 있었다. 어쩐지 눈물이 나서 외투도 벗지 않고 곁에 누웠다. 그러고는 질문을 떠올린다.

아이가 있는 삶은 어떤가요.

온몸으로 노랫말✦ 같은 소리를 내는 아이가 내일을 기대하며 곁에 잠들어 있다.

✦ 아델이 부른 〈When we were young〉 중 'You sound like a song' 구절. 물론 이 곡은 아이에 관한 곡은 아니지만 빗대어 차용했다.

엄마는 맨날맨날맨날 일해

오랜만에 결혼 액자를 보고 있다. 이제는 좀 촌스럽게 느껴져 작업실 수납장에 들어가 있지만 예전 집에서는 침실과 거실을 잇는, 어른 걸음으로 두 걸음 남짓한 짧은 복도 한 켠에 세워두었다. 내가 보고 있는 건 우리의 모습이 아닌, 자국들이다.

전지 반절 크기의 패널 액자에는 드레스와 턱시도 차림의 우리가 인쇄되어 있다. 코팅도 유리도 없는 가벼운 종이 액자. 처음 자국을 발견한 건 아직 시호가 기지도 못하던 때였다. 미묘하게 비슷한 길이의 긁힌 자국 수십 개가 눈에 띄어 살피기 시작했다. 쥐가 갉아 먹었을 리도 없고…. 의아해하는 내게 당시 시호를 돌봐주던 시터 선생님이 말해주었다. 내가 보이지 않을 때마다 시호가 엄마 사진을 만지며 손톱으로 긁곤 한다고.(아기는 힘 조절이 서툴러 좋아하는 것을 긁거나 쥐어짜거나 쥐고 탕탕 치거나 뭉갠다.) 걱정이 되어 혹시 시호가 우는지 물었더니 선생님은 웃으며 그건 아니라고 했다. 즐겁게 '엄마'를 배우고 있다고. 과연 하얀 웨딩드레스와 내 얼굴이 온통 손톱자국으로 빼곡해서 울컥하면서도 웃음이 났다.

예전 집을 좋아했지만 많이 낡았었다. 집그리마가 시호의 기저귀 속으로 들어간 사건 이후 마음을 굳히고 아파트를 샀다. 좀 더 쾌적한 환경에서 아이를 키우고 싶어 집을 샀고, 집을 사면서 빚을 졌기 때문에 공격적으로 일을 늘렸다. 어릴 때 친구에게 100원이라도 빌리면 엄마가 등짝을 때리며 혼을 냈기 때문인지, 빌려준 은행은 괜찮다며 20년에 걸쳐서 갚아도 된다고 하는데 빨리 갚아야 한다는 마음이 들어 초조했다. 고정적인 마감이 주 2회, 외주 작업까지 거의 주 3회의 템포.

그렇다고는 해도 아이를 위해 일하고 있다는 생각은 딱히 들지 않았다. 물론 아이가 태어난 뒤 전보다 더 책임감을 느낀 건 사실이다. 하지만 아이가 내 책상에 매달릴 때 사탕과 장난감 같은 임기응변으로 달랠지언정 너를 먹여 살리려고 일한다는 말은 농담으로라도 하지 않는다. 아이를 기만하는 말이고 내 일에게도 미안해지니까. 앞으로 시호는 자라며 삶 속에 일이 있다는 것을 배워나갈 것이다. 시호에게 일이란 멋진 것이라고 소개하고 싶다. 부분적으로는 일하기 싫다고 노래를 부르지만 전체적으로는 즐거워서 하는 것. 어쩔 수 없이 한다는 인상은 주고 싶지 않다.(어쩔 수 없이 하는 일도 많지만 당분간은 비밀로 하고 싶다.) 그렇다고 "일 안 하면 엄마가 편집 이모에게 호온~나" 하는 말이 과연 좋은 인상을 주고 있는 것인지는 조금 고민스럽기는 하지만 말이다.

살아온 세 해 가운데 두 해를 꼬박 밤이면 잠을 자야 한다는 사실을 받아들이는 데 썼던 시호에게는(사실 아직도 받아들이지 못했다) 엄마가 일을 할 땐 같이 있을 수 없다는 사실이 몇 배나 더 받아들이기 어려운 일이다. 하루 네 시간. 시호는 문 하나를 사이에 두고 나와 헤어진다. 어른인 나에게는 고작 네 시간. 일하는 시간보다 함께 있는 시간이 몇 배나 많은데도 시간이 이어진다는 것을, 내일이 있다는 것을 아직 완전히 이해하지 못하는 시호는 나와 떨어지면 세상이 그대로 끝나는 것만 같은가 보다. 이제는 엄마가 일하러 들어가면 기다려야 한다는 것을 너무나 잘 아는 두 살이지만 여전히 다섯 번은 울고 한 번은 텔레비전으로 또 한 번은 사탕으로 달래야 작업실 문을 닫을 수 있다. 금세 밀려들 듯한 거대한 댐의 물을 문 하나로 간신히 막으며 일을 한다.

마감이 가까워지면 헤어져 있는 시간은 좀 더 길어진다. 아빠와 자러 들어가는 시호와 밤

인사를 나누며, 꿈에서 엄마랑 놀자고 하면 시호는 "꿈에서 만나는 엄마는 일하는 엄마야, 안 일하는 엄마야?" 되묻곤 했다. 어떤 밤에는 정말로 꿈에서 엄마와 신나게 놀았던 모양이다. 눈을 뜨자마자 꿈에서 깬 걸 슬퍼하던 시호가 물었다.

"꿈에서어 또 엄마라앙 놀려며언 어떠케 해야 해?"

그럴 땐 역시 그 엄청난 마음이 애틋해 말문이 막히고 만다. 아이가 엄마를 원하는 마음이야 지구에 있는 시간을 다 쓴대도 부족하겠지. 속상하지만 내가 줄 수 있는 시간들은 남김없이 주고 있으니 나머지는 시호에게 맡길 수밖에 없다.

마감 전날, 소파에 누워 한숨 돌리는데 자러 들어갔던 시호가 곰 인형을 가지러 나왔다. 아빠의 재촉에 후다닥 침실로 돌아가려는 시호를 불러 꼭 끌어안았다.

"그렇지 않아도 시호가 보고 싶던 참이었어."

"시호가 보고 싶었혀?"

"그럼, 보고 싶지. 시호가 자러 들어가고 나면 보고 싶어. 일할 때도 너무 보고 싶어. 시호랑 빨리 놀고 싶어서 여얼심히, 어엄청 빨리 일해."

조금 놀란 듯 시호는 "일할 때도 시호가 보고 싶혀?" 몇 번이고 되묻더니 짧은 두 팔을 앞뒤로 허둥지둥 흔들며 말한다.

"그래서 이르케 이르케 빠알리 일해?"

"그럼. 이르케 이르케 이르케 어엄청 빨리 일하지."

금세 기분이 좋아진 시호를 힘주어 안고 수백 번의 뽀뽀로 작별 인사를 한 다음, 일하기 싫어 노래를 부르고 싶은 기분을 다잡으며 분연히 일어서 책상 앞으로 간다.

내일 아침 시호가 일어났을 때는 '안 일하는 엄마'가 되어 있도록.

그나저나 며칠 전에는 시호가 아빠에게, "아빠 일 안 하며언 어떤 아저씨한테에 일 왜 다 안 했허요— 하고 혼나?" 하고 물었단다. 아무래도 좀 더 괜찮은 변명거리를 생각해내야겠다.

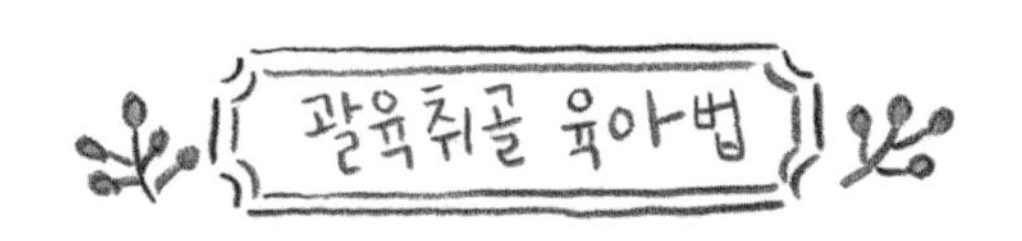

* 괄육취골(刮肉取骨): 살을 내어주고 뼈를 취한다.

fin.

깊은 밤 단추 괴물이

놀이터에서 하도 개미를 밟고 다니길래 시호라는 꼬마가 밟아 죽인 개미 이야기를 작은 그림책으로 만들어주었다. 재미와 반성을 유도할 생각이었는데, 자기가 나쁜 행동을 하는 모습이 그려진 걸 보더니 도리어 화를 내며 읽지 않겠다고 한다. 그러고는 시호는 개미를 안 죽였다는 내용으로 그림을 고쳐달라고 하는 거다. 세 살짜리도 체면을 안다.

수면 교육의 효과는 생후 6개월까지였다. 제 힘으로 일어서기 시작한 시호는 더 이상 혼자 자려고도, 누우려고도 하지 않았다. 바닥에 요를 깔고 자는 분위기를 만든 뒤 '누워서 자는 법'을 알려주는 일은 쉽지 않았다. 시호는 기다랗게 누운 내 몸을 산처럼 타고 오르며 지칠 줄을 몰랐고 나는 어두운 방 안에서 언제 시호가 내 얼굴에 점프를 할지 몰라서 항시 두 팔로 가드를 올리고 있어야 했다.(아이가 뛰어들어 내장이 파열된 엄마가 분명 한 명쯤 있을 법한데 뉴스가 없어 이상하다.) 제 몸을 움직이는 환희에 밤낮을 잊은 이 초보 인간을 눕게 한 것은 이야기였다. 따로 안아 누일 것도 없었다. 나그네의 외투를 벗긴 해님처럼, 이불을 손바닥으로 톡톡 두드리며 "엄마가 이야기해줄게" 하면 그때만은 순순히 내 겨드랑이에 파고들었다.

처음에는 그날 있었던 일 가운데 시호의 인상에 남았을 만한 사건들을 주욱 이야기해준 것이 시작이었다. 사건의 순서를 알려줄 요량이었다.

"시호야, 아까 엄마가 세탁기에 빨래를 슝슝 넣었지?"

"빠!(빨래!)"

"시호가 바구니 가져와서 바구니에서 빨래 꺼내서 엄마한테 줬지?"

"빠!(빨래!)"

"밖에 뽁뽁신발 신고 가방 매고 목도리도 하고 멀~리 밖에 나갔지이?"

"뽁뽁!"

"나가서 빠방 자동차도 보고 언니야들도 봤지?"

"빠방! 은니!"

평소라면 온 이불 위를 굴러다닐 텐데, 얌전히 누워 귀를 기울이다 뱉을 줄 아는 단어가 나오면 부지런히 아는 척을 한다. 그 시간 캄캄한 방을 채운 우리의 속삭임과 숨소리가 얼마나 충만하던지. 백만 년 동안 시호를 만나지 못한다 해도, 그 시간들만으로 사랑을 다 채울 수 있을 것 같았다. 수면 교육에 실패해서 다행이라는 생각까지 들었다.

시호의 이해력이 높아질수록 이야기에는 서사가 더해졌다. 시호는 이야기라면 뭐든 질리지 않고 들었다. 만화영화도 그림책도 많이 보지만 엄마가 직접 지어낸 이야기를 더 좋아했다. 지어낸 이야기에는 시호도 나오고 엄마도 나오고 오늘 놀이터에서 만난 친구와 멍멍이도 나오니까. 천둥 번개가 치는 날에는 천둥이와 번개가 앞서거니 뒤서거니 달리기하는 이야기를 들려주며 재미와 자연현상에 대한 이해를 도모했고, 변비에 자주 걸려서 괴로워할 땐 시호 배 속을 탈출해 바다로 떠나는 용감한 응가 이야기로 고통을 위로했다. 놀이터에 친구가 없어 속상해한 날에는 친구를 찾아 떠나는 아기 괴물 이야기를 들려주었다. 매일 새로운 이야기를 지어내는 게 어렵긴 했지만 스토리 연습하는 셈 쳤다. 피곤해서 조금 성의 없이 마무리하면 서슴없이 "그 이야기는 재미가 없혀"라고 비판하는 딸아이 덕에 나의 기승전결 구성력은 나날이 향상되었다. 나는 정성스러운 집밥의 추억을 만들어주지도, 아침마다 헝클어진 머리카락을 단정히 빗어주지도 못하지만, 그보다 어린아이에게 소중한 것은 이야기와

아름다움이라고 굳게 믿었다.

시호가 가장 좋아하는 주인공은 단연코 괴물이었다. 선뜻 이야깃거리가 떠오르지 않아서 물으면, 언제나 "무시무시한 괴물 이야기 해줘"라며 졸랐다. 도토리 괴물, 긴목도리 괴물, 노래를 배우고 싶은 괴물, 추위를 많이 타는 담요 괴물, 뿔이 백 개나 되는 괴물… 매일 밤 갖가지 괴물들이 잠자리를 방문했다. "잠깐, 이게 무슨 소리지?" 모른 척 이불을 손톱으로 사각사각 긁으면 놀란 시호가 파닥거리며 내 품에 파고드는 게 기뻤다. 무시무시한 괴물들의 세상에서, 시호는 마음껏 무서워할 수 있어 즐거워했고 나는 마음껏 지켜줄 수 있어 즐거웠다.

하루는 잠들기 전 시호의 잠옷을 갈아입히는데, 덜렁거리던 단추 하나가 떨어졌다. 그날 밤은 단추 괴물 이야기를 들려주었다.(늘 이런 식이다.)

"옛날 옛—날, 무시—무시한 단추 괴물이 살았어요. 단추 괴물은 예쁜 단추들을 모으는 걸 좋아했지요. 단추 괴물은 밤마다 마을에 내려가 잠든 아이 방에 몰래 들어간 다음, 잠옷의 단추를 하나씩 훔쳐서 병 속에 넣어두었답니다. 온갖 모양 온갖 색깔의 단추들을 보며 단추 괴물은 행복했지요. 어느 날 단추 괴물은 시호네 집에 왔다가, 시호 잠옷의 단추가 너무 예뻐서 몰래 하나를 뜯어 갔답니다. 그 단추는 특별히 더 예뻐서 병 속 단추들 제일 위에 올려두었죠.

그래서 시호 잠옷에 단추가 하나 없는 거랍니다. 끄읏."

이야기가 끝나자 시호는 "괴물아 내 단추 돌려줘!"라며 속상한 시늉을 한다. 우리는 둘 다 단추가 어디에 있는지 알고 있지만 계속 모른 척하며 이야기 안에 머무른다.

"시호야, 단추 괴물이 미안하다며 시호 단추를 돌려준대. 창밖에 숨어 있다가 시호가 속상해하는 걸 들었나 봐. 내일 아침에 책장 세 번째 칸에 두고 가기로 약속했는데, 자고 일어나서 진짜 있는지 확인해볼까?"

당연히 지금 당장 확인해보자며 야단이 났다. 시호와 손을 꼭 잡고 불 꺼진 거실로 살금살금 걸어 나갔다. 있는 걸 뻔히 알면서도 가슴이 조마조마하다. 잠자리에 들기 전 책장 위에 올려둔 단추는 (당연히) 그대로 있다.

"엄마, 단추 괴물이 정말 약속을 지켰허! 단추 괴물이 정말 단추를 돌려줬허!"

"우와, 정말 돌려줬네! 단추 괴물이 정말 미안했나 봐!"

시호는 단추를 손에 꼭 쥐고 베란다 밖 깜깜한 숲을 향해 외쳤다.

"착한 괴물아 고마워!"

핫바가 끝날 때까지

새마을호 열차는 특별했다. 리뉴얼을 했다고는 하지만 조금도 21세기의 느낌이 없는 낡은 객실은 내가 좋아하는 색과 질감으로 가득했다. 통로 쪽 바닥에는 붉은 갈색, 좌석 쪽에는 모노륨 장판풍의 기하학무늬가 깔려 있고 커튼은 고속버스에서 자주 보던 자카드 원단의 주름 커튼이다. 식당 칸에는 옛날 호마이카 식탁을 흉내 낸 듯한 샛노란 탁자와 회청색 의자의 콤비… 완벽한 배색에 가슴이 뛰었다.(코트 걸이가 금색이다!) 노선이 달라서인지 창밖 풍경 또한 늘 이용하던 KTX보다 다채로웠다. 운행 속도가 느긋해서 풍경을 천천히 감상할 수 있는 것도 좋았다. 반듯반듯 귀여운 논밭이 보이자 오랜만에 '그리고 싶다'는 욕구가 일었다.

하지만 그릴 수 없다. 옆자리에 아이가 있기 때문이다. 차선책으로 스치는 색깔들과 모양들을 외워두려는데 이내 시호가 엄마를 불렀다. 귤을 먹다가 손이 끈적해진 모양이었다. 물티슈로 손을 닦아주자 곧 귤에 붙은 흰 껍질을 떼달라, 직접 먹여달라는 요청이 이어졌고 아이 입에 귤을 쏙쏙 넣어주는 재미에 반듯반듯 논밭은 금세 잊혔다.

언젠가 아이가 하루에 엄마를 몇 번이나 찾을까 궁금해져서 세어본 일이 있다. 한 시간에 20~30번쯤 부르니 적게 잡아도 하루에 200번쯤일까. 세상에서 요구가 가장 많은 까다로운 손님이라서 함께 있는 동안 나 자신에게 주의를 기울이는 것은 거의 불가능한 일이다.(이날만 해도 휴대전화를 식당 칸 휴지통에 버리고도 한참을 몰랐다.)

"아이 생기고 나서는 기차에서 드로잉 못 하는 게 제일 아쉽더라." 앞 좌석에 앉은 친구에게 넋두리를 했다. 친구 민영이와 그녀의 딸 리아와 함께 군산으로 여행을 다녀오던 참이었다. 나처럼 그림이 업인 그녀이니 공감을 바라며 꺼낸 말이었다. "왜? 사진 찍어서 그리면 되지." 그러면서 곧바로 내 카메라를 가져가서는 풍경을 찍어서 건네준다. 집에 가서 열심히 그리라며.

민영이 말이 맞다. 풍경을 직접 보고 그리고 싶다는 말이긴 했지만, 사실 정말로 그리고 싶었다면 진작 사진에라도 의지해 그렸을 것이다. 하지만 스스로도 알고 있다. 사실은, 정말은, 모든 순간 모든 장소에서 내가 가장 아름답다고 느끼는 것은 딸아이뿐이라는 것을. 비 내리던 일본식 가옥의 아침도, 동국사의 뒤뜰도, 오래된 군함과 비행기, 코스모스와 기차도. 시호가 있어야 비로소 밝아졌다. 엉겁결에 고른 딸아이의 이름은 그대로 예언이 되었다.

새마을호의 풍경들이 잠시지만 그리고 싶은 욕구를 부르기 시작했으니 이제 곧 나만 쓸 수 있는 새 스케치북을 마련할 날이 멀지 않았다는 예감이 든다. 같은 자리에 앉아 각자의 종이에 각자 원하는 것을 그릴 시간이 벌써 기대가 된다. 내 눈앞의 풍경에 시호가 발을 들이지 않는 날도 언젠가 오게 될까. 나뭇잎 사이로 비치는 빛을, 소라 껍데기 속 바람 소리를 잡겠다고 뛰어다닌 시절이었다. 아직도 붙잡을 것들이 잔뜩 있는데, 벌써 다 놓쳐버린 기분이 든다.

원래 계획은 낮 동안 군산의 명소를 구경하고, 밤에는 민영이와 어른의 시간을 가지는 것이었다. 아이를 낳기 전 함께 도자기도 만들고 판화도 배우며 일주일에 서너 번도 만나던 우리는 우연히도 같은 시기에 엄마가 되었고 진득이 앉아 이야기를 나누기가 어려워졌다. 예감은 했지만 역시나, 낮 동안 대형견급 체력의 아이들을 쫓아다니느라 호텔로 돌아오면 둘 다 아이를 재우며 곯아떨어졌다. 아쉬움에 식당 칸으로 이동해 맥주를 마시기로 했다. 아이들 손에 핫바를 하나씩 쥐어준 뒤, 그 틈을 타 민영이와 캔맥주를 하나씩 나눠 마셨다. 비록 핫바가 끝날 때까지였지만, 천천히 지나가는 산과 육아의 피로를 안주 삼아 마신, 지금까지 마셨던 것 중 가장 시원한 맥주였다.

에필로그

이야기는 아직 잔뜩 남아 있다

집으로 돌아가는 차 안에서 아이가 창밖을 보며 속삭인다.

"캄카암—한 밤이 되었으니까아, 아기 바다거북이들은 바닷속에서 헤엄을 치고 있을 거야."

대단지 아파트의 불빛들을 지나칠 때 또 말한다.

"엄마, 바다 거북이는— 반짝거리는 걸 보면 바다인 줄 안대."

캄카암—, 바다, 헤엄, 거북이, 반짝….

엄마는 속으로 생각했다. 아이가 뱉는 모든 단어들과 이야기들이 좋아서, 어둡고 좁은 택시 뒷좌석에 앉아서라도 평생 듣고 싶다고. 엄마는 잠시 아이의 나이를 세어본다.

그리고 안도한다.

앞으로도 이야기는 잔뜩 남아 있다.

너를 만나 시작된 어쿠스틱 라이프
거의 정반대의 행복

초판 1쇄 발행 2018년 2월 28일
초판 12쇄 발행 2024년 9월 1일

지은이 난다
펴낸이 최순영

출판1 본부장 한수미
컬처 팀장 박혜미

펴낸곳 ㈜위즈덤하우스 **출판등록** 2000년 5월 23일 제13-1071호
주소 서울특별시 마포구 양화로 19 합정오피스빌딩 17층
전화 02) 2179-5600 **홈페이지** www.wisdomhouse.co.kr

ⓒ 난다, 2018

ISBN 979-11-6220-300-2 00810

* 이 책의 전부 또는 일부 내용을 재사용하려면 반드시 사전에 저작권자와 ㈜위즈덤하우스의 동의를 받아야 합니다.
* 인쇄·제작 및 유통상의 파본 도서는 구입하신 서점에서 바꿔드립니다.
* 책값은 뒤표지에 있습니다.
* KOMCA 승인필